Die Standarte der Rabenlegion

Mein Dank gilt all denen, die mir mit ihrer Tatkraft und Geduld bei der Erstellung des Buches geholfen haben.

Die Standarte der Rabenlegion

Von Helmut Brüggemann

Ein historischer Roman

Helmut Brüggemann Die Standarte der Rabenlegion

Alle Rechte liegen beim Autor

Satz und Layout: Helmut Brüggemann

Umschlaggestaltung: Helmut Brüggemann

Titelbild: Helmut Brüggemann

Homapage: www.jeth-kinderbuch.de

Herstellung und Verlag: BoD – Books on Demand,

Norderstedt, 2022

Printed in Germany

ISBN: 9783756213252

Die Standarte der Rabenlegion

Von Helmut Brüggemann

Ein historischer Roman

Personen:

Lugus, Gottheit der Kelten

Maximus, Legatus der Rabenlegion

Marcus Aurelius, Römischer Kaiser

Julius Severus, Senator des Marcus Aurelius

Jeth, Kelte und Standartenträger der Rabenlegion

Helu, Keltischer Fürst

Taje, Bote des Helu

Weco, Griechischer Sklave des Maximus

Marcus , Centurio der Rabenlegion

Airam, Zauberin und Beraterin des Helu

Roman, Centurio der Rabenlegion

Odius, Ältester der Legion und Principales

Nao, Keltin und Botin des Maximus

Fabius, Centurio der Rabenlegion

Owen, Dorfältester von Ibensium

Una.Mutter von Nao

Glen, Vater von Nao

Bran, Spion des Helu in Londinium

Tristan, General der Kelten unter Fürs Helu

Galahad, General der Caledonier unter Fürst Tona

Tona, Fürst der Caledonier

Beathag, Schamanin der Caledonier

Erin, zweiter Heerführer unter Fürst Tona

Mab, Fürst der Elben

Prolog

Provinz Britannia im Jahr 165 nach Christus. Die Verse über die siegreiche Eroberung dieser Provinz durch Kaiser Claudius` Legionen sind längst verklungen.

Die römischen Legionen haben sich hinter dem von ihnen errichteten Hadrianswall, eine Grenzanlange aus Wällen, Kastellen, Wachtürmen, Toren und Gräben, eingerichtet. Nördlich davon wird das Land von freien keltischen Stämmen bewohnt.

Parisi, ein Kastell am westlichen Teil des Walls dient schon seit einigen Jahren einer römischen Legion als Garnison. Nun wurde diese abgelöst und die "Rabenlegion" hat ihre Aufgaben übernommen.

Helu, ein Fürst, der einen freien keltischen Stamm jenseits des Walls anführt, beobachtet die neuen Legionäre aufmerksam.

Schon bald sollten sich seine schlimmsten Befürchtungen bewahrheiten.

Der gefiederte Spion

Schaudernd zog Maximus, der Legatus der Rabenlegion, seine Tunika enger um seinen Körper. Er hatte sich immer noch nicht an die kühlen Morgenstunden in Britannia gewöhnt. Mit einem Seufzer dachte er an die wärmende Sonne in seiner geliebten Heimat - Rom!

Was hatte sich sein Feldherr, der mittlerweile schon in die Jahre gekommene Julius Severus, nur dabei gedacht, ihn und seine Legion hier in diesem verfluchten Britannia zu stationieren.

Er hatte ihm immer treu gedient und manchen Sieg für Julius Severus errungen. Da gab es sicher einige Legionen, die im Kampf nicht so erfolgreich für den Feldherrn waren wie Maximus' Mannen. Von denen hätte Julius doch eine zum Hadrianswall entsenden können. Dort hätten sich die Erfolglosen beweisen können.

Seine Augen streiften den Wald am Horizont. Seit zwei Tagen stand er nun jeden Morgen auf diesem Wachturm und schaute in die Ferne. Sein Blick verlor sich im dichten Grün des Waldes, wenn der Nebel es zuließ.

Es war nun bereits einen Monat her, als er die III. Kohorte seiner Legion unter der Führung seines Centurio Marcus zur Erkundung der militärischen Lage an den Hadrianswall gesandt hatte. Die Kohorte hätte längst zurück sein sollen. Wenn sie heute nicht zurückkehrt, würde er morgen in der Frühe Kundschafter aussenden müssen, um zu erfahren, warum Marcus mit seiner Truppe noch nicht angekommen ist.

Langsam stieg die Sonne höher und Maximus spürte ihre Wärme auf seiner Haut. Es war einer dieser Vormittage, an denen er am nebelfreien Horizont im Norden den Wald vom Kastell Parisi aus sehen konnte.

Oft bedeckte dichter Nebel die Grasfläche und vereinzelte Buschreihen zwischen der Festung und dem dunklen Wald.

Damit kein Feind vom Wald her ungesehen das Kastell erreichen kann, ließ er das Gras und die Büsche bis zum Wall von den Einwohnern der umliegenden Dörfer kurz halten. Mittlerweile wurde diese Arbeit von den Dorfbewohnern ohne Murren erledigt. Das war aber nicht immer so. Anfangs mussten die Peitschen seiner Soldaten die Einwohner von der Wichtigkeit der Arbeit überzeugen. Durch öffentliche Kreuzigung der Dorfältesten samt ihrer Familien, brach er den letzten Widerstand und die Arbeiten wurden seither zu seiner Zufriedenheit ausgeführt.

"Kra, kra", der Ruf eines über ihm fliegenden Raben schreckte ihn aus seinen Gedanken auf.

Der schwarze Vogel setzte sich auf die ihm gegenüberliegende Brüstung des Wachturms und schaute ihn neugierig an.

Maximus wusste nicht warum, aber der Vogel war ihm unheimlich. Seit er mit seiner Legion vor zwei Monaten in Parisi eingezogen war, verging kein Tag, an dem er das Tier nicht anstarrte.

Ein Räuspern ließ ihn erschreckt herumfahren.

Jeth, sein keltischer Träger der Legionsstandarte, stand vor ihm.

Er hatte nie verstanden warum Julius Severus ausgerechnet einen Kelten zum Träger dieser Standarte auserkoren hatte.

Mehrmals hatte er seinen Kommandeur darauf hingewiesen, dass Jeth hier in der Nähe der keltischen Stämme seine Treue zur römischen Legion verlieren und mit der Standarte zu den Kelten überlaufen könnte.

Aber Julius war fest von der Loyalität und Treue Jeths zu ihm überzeugt. Nachdem Julius Sohn im Knabenalter schwer erkrankt und verstorben war, hatte er dessen Freund Jeth fast wie seinen Sohn behandelt, ihn mit Liebe erzogen und gefördert. Julius war überzeugt davon, dass Jeth, der als Sohn eines keltischen Fürsten in Geiselhaft bei den Römern verweilte, längst ein Römer geworden war und somit keine Gefahr für die Legion des Maximus darstellte.

Jeth war sehr hilfsbereit und immer lustig, was ihn bei den Offizieren und Soldaten sehr beliebt machte. Die Warnungen, dem jungen Kelten nicht zu sehr zu vertrauen, wurden daher nur zu gerne überhört. Maximus war überzeugt, der Einzige zu sein, der die Unruhe des jungen Kriegers bemerkt hatte, seit dieser in Parisi angekommen und jetzt so nahe am Hadrianswall, so nahe seiner alten Heimat war. Täuschte er sich oder begrüßte Jeth den auf der Balustrade sitzenden Raben mit einem Lächeln, noch bevor er seinen Legatus Maximus mit einem "Ave Maximus" bedachte.

Seine Gedanken abschüttelnd und ohne höflichen Gruß antwortete er dem Träger der Standarte "Was gibt es, warum störst du mich bei meiner morgendlichen Kontrolle der Wachen?"

"Verzeiht Herr, ich nahm an, dass eure Inspektion beendet sei. Es ist ein Bote des Fürsten Helu eingetroffen, der euch sprechen möchte."

"Helu einen Fürsten zu nennen, kann auch nur einem Kelten einfallen. Für uns Römer ist er der Anführer einer Räuberbande."

Jeth bemerkte sehr wohl die Beleidigung in den Worten seines Befehlshabers. Bewusst nannte er ihn einen Kelten.

Doch der junge Legionär hatte sich nie der Illusion hingegeben, ausgerechnet er, die keltische Geisel, werde von seinem Ziehvater und den Männern der Legion als vollwertiger Römer betrachtet - immer würde er auch der Kelte bleiben.

Hätte sein Ziehvater Julius in ihm einen vollwertigen Römer gesehen, würde er nicht nur die ehrenvolle Rolle des Standartenträgers der Legion innehaben, sondern längst den Rang eines Offiziers bekleiden.

Die Worte Maximus brachten ihn zurück in die Gegenwart.

"Ich gehe jetzt in meine Unterkunft. Den Boten bringst du genau in vier Stunden zu mir. Wollen doch mal sehen, ob ein Räuber so lange geduldig warten kann."

Der junge Kelte schaute seinem Befehlshaber auf seinem Weg zur Unterkunft ruhig nach. Die Beleidigungen des Maximus gegen sein Volk störten ihn nur wenig.

Da er bis auf die Begleitung des Boten zu seinem Feldherrn keinen weiteren Auftrag mehr zu erledigen hatte, begab er sich zu Taje, dem Boten des Keltenfürsten. Er war begierig darauf, Neuigkeiten von seinem Volk auf der anderen Seite des Hadrianswall zu erfahren.

Dass mit Maximus auch der Rabe verschwunden war, fiel ihm nicht auf.

Maximus kletterte mit Hilfe einer Leiter vom Wachturm herunter und als er den rechten Fuß auf den Boden setzte, versank er bis zum Knöchel im Schlamm.

Natürlich musste das so kommen, dachte er. Der schon Tage dauernde Regen hatte den Erdboden im Kastell in eine Schlammfläche verwandelt. Was hatte nur sein Vorgänger in den ganzen Jahren an diesem unwirtlichen Ort gemacht? Warum war der Boden nicht befestigt worden? Die Wohngebäude seiner Legionäre und natürlich seine Unterkunft hätten schon bei seiner Ankunft in einem besseren Zustand sein müssen.

Vorsichtig, um sich nicht übermäßig mit Schlamm zu besudeln, ging er über den Ausbildungsplatz der Legion zu seiner Unterkunft.

Nachdem er es sich vor seinem Tisch auf einem einfachen mit Bärenfellen gepolsterten Holzstuhl bequem gemacht hatte, rief er nach seinem Sklaven Weco, dabei dachte er an den alten, weißhaarigen Mann. Einmal mehr wurde ihm bewusst, dass Weco ihm bereits seit seiner Kindheit als versklavter Diener zur Seite stand.

Schon so manches Mal hatte er geplant, dem alten Mann die Freiheit zu schenken und einen jüngeren Sklaven zu nehmen.

Bisher konnte er jedoch keinen Sklaven finden, der Weco im Hinblick auf Weisheit und Intelligenz das Wasser reichen konnte.

Leise stöhnend betrachtete Maximus seinen mit Papieren voll beladenen Tisch. Verwaltungsaufgaben gehörten nicht zu seiner Lieblingsbeschäftigung, er war Soldat und sah seine Aufgabe im Kampf auf dem Schlachtfeld. Wenn er schon hier in diesem kalten und nassen Britannia stationiert war, dann wollte er auch mit seiner Legion den Hadrianswall überschreiten und die Stämme des Nordens unterwerfen.

Zukünftig konnte diese Verwaltungsaufgaben sein Sklave Weco erledigen. Besonders dann, wenn er ihm noch einen fähigen Centurio für die soldatischen Aufgaben und einen Beamten zur Unterstützung für die Verwaltungsaufgaben zur Seite stellen würde.

Ein leises Räuspern ließ ihn von seinem Tisch aufblicken.

Vor ihm stand Weco und Maximus fiel erneut auf, wie voll sein weißes Haupthaar noch war und wie edel seine Gesichtszüge wirkten. Sein schlanker Körper steckte in einer weißen Tunika und an seinen Füßen trug er trotz der Kühle nur Sandalen. Verwundert stellte er fest, dass die Füße und Sandalen des Griechen trotz des schlammigen Bodens völlig frei von Schmutz waren. Man sah Weco an, dass er einmal zu den Edlen des griechischen Volkes gehört hatte.

Maximus lehnte sich in seinem Stuhl zurück und verschränkte die Hände hinter seinem Nacken "Weco, ich plane grundlegende Veränderungen vorzunehmen." Seine Verwunderung über die sauberen Füße und Sandalen des Griechen hatte er schon längst wieder vergessen.

Da Weco keinerlei Reaktion zeigte, fuhr Maximus fort, dabei nahm er die Hände vom Nacken und erhob sich von seinem Stuhl. "Wir sind nun schon seit acht Wochen hier im Lager. Das Lager ist noch nicht einmal für einen Haufen Sklaven zumutbar, umso weniger für eine römische Legion. Ich möchte, dass im gesamten Lager befestigte Wege zu allen Unterkünften, Wachhäusern, und Ställen angelegt werden. Mir reicht auch nicht der eine Wall um das Lager. Ich will einen weiteren Wall, sodass unser Lager von einem äußeren und einem inneren Wall umgeben wird. Zwischen den Wällen ist ein tiefer mit Wasser gefüllter Graben anzulegen. Auf den Grund des Grabens sind eng aneinander stehende angespitzte Baumstämme einzurammen. Der Übergang über den Graben ist mit einer Zugbrücke zu gewährleisten."

Durchdringend sah der Feldherr seinen Sklaven an. "Jetzt fragst du dich, warum ich dir das alles erzähle?"

Hatte Maximus erwartet, dass Weco zumindest nicken würde, so hatte er sich getäuscht. Der alte

Mann stand noch immer unbeweglich vor seinem Schreibtisch und verzog keine Miene.

"Nun Weco, ich erzähle es dir, weil ich dich freigeben werde und du dann als freier römischer Bürger die Aufgabe übernimmst. Ich werde dir den Centurio Roman zur Seite stellen. Er wird dich bei allen militärischen Fragen beraten. Benötigst du auch jemanden zur Beratung für die Erledigung der Verwaltungsaufgaben?"

Gespannt sah Maximus den alten Mann an.

Dieser hatte sich nun seinem Feldherrn zugewandt.

"Nun, ich fühle mich geehrt, Herr. Allerdings gebe ich zu bedenken, dass wir für dieses große Bauvorhaben viel Holz schlagen müssen. Bereits jetzt gibt es weder in der Nähe noch in der weiteren Umgebung des Kastells genügend Holz; unsere Legion und die zwei Dörfer vor unserem Kastell haben kaum noch Feuerholz. Aber das ist nicht alles. Wir vertreiben mit der Rodung auch noch das letzte Wild aus unserer unmittelbaren Umgebung. Woher bekommen wir und auch die Menschen in den Dörfern, dann frisches Fleisch?"

Lächelnd erwiderte Maximus "Wie weit ist der Hadrianswall von uns entfernt?"

"Zwei Tagesmärsche, Herr."

"Dann werden wir nicht den Wald hier roden, sondern uns das Holz aus den Wäldern hinter dem Hadrianswall holen. Siehst du ein Problem darin?" Weco stand immer noch vor dem Tisch des Feldherrn und versuchte, seinem im Raum auf- und abgehenden Herrn mit den Blicken zu folgen. "Der Transport ist kein Problem Herr, nur werden wir mit ständigen Angriffen der Barbaren hinter dem Wall rechnen müssen." "Weco, darüber bin ich mir schon im Klaren. Darum höre meinen Plan: die Männer und Frauen aus den zwei umliegenden Dörfern sollen das Fällen der Bäume übernehmen und werden dabei von einer Kohorte bewacht. Glaube mir, keiner wird es wagen, zu fliehen und der Fürst der Kelten wird wohl kaum seine eigenen Leute angreifen. So dürfte das Holz schnell geschlagen sein und der Transport nach Parisi zügig erfolgen. Mein treuer Weco, deine erste Aufgabe als freier Mann wird es sein, den Bau der Festung zu organisieren und zu überwachen. In drei Monaten muss alles fertig sein!" Weco öffnete den Mund, bevor er jedoch ein Wort sagen konnte, fuhr Maximus fort "Für die Arbeit bekommst du alle Männer aus den zwei Dörfern und 500 Legionäre. Die Frauen werden erst nach der Aussaat der Ernte zur Arbeit an der Festung herangezogen."

Erneut hob Weco zu Sprechen an, wurde aber mit einer Handbewegung zum Schweigen gebracht.

"Du kannst gehen, Weco. Schon in fünf Tagen erwarte ich hier die erste Holzlieferung."

Weco hatte die Tür fast erreicht, als er die jetzt sehr strenge Stimme des Feldherrn vernahm "Weco, eines noch: jeder Versuch die Arbeiten zu stören, wird gnadenlos bestraft. Jeder, ohne Ansicht der Person!"

Ohne eine Antwort verließ der alte Mann den Raum.

Weder der Alte noch Maximus sahen, wie der Rabe sich vom Fenstersims erhob und Richtung Hadrianswall davonflog.

Hinter dem Wall flog der Rabe in das Dorf Ibensium, und ließ sich auf einem Stapel Brennholz nieder, der vor einer Hütte aufgeschichtet war. Eine alte, grauhaarige in einen tiefschwarzen Umhang gehüllte Frau trat aus der Hütte und ging auf den Vogel zu. Zärtlich streichelte sie ihm das Gefieder. Dabei unterhielt sie sich mit dem Raben in einer für kein menschliches Ohr verständlichen Sprache.

Nach einer Weile drehte sie sich um und schaute zum Mittelpunkt des Dorfes.

Das in der Mitte des Dorfes stehende Blockhaus, wurde von Hütten umkreist und überragte diese auffallend.

Die alte Frau lächelte als sie sich zu dem Blockhaus begab. Dabei murmelte sie leise "Mein Fürst wird mit mir zufrieden sein, wenn ich ihm die Worte des uns von Lugus gesandten Boten übermittle."

Das Dorf stand auf einer Anhöhe und bestand aus etwa fünfzig Hütten und dem Blockhaus des Fürsten. Außer von den Hütten, die den ersten Schutzwall bildeten, war das Blockhaus von einer zwei Mann hohen hölzernen Palisade umgeben. Um Raubtiere oder Feinde abzuwehren, waren die Palisaden oben zugespitzt. Ein Tor, das mit zwei Flügeltüren verschlossen und von innen mit einem Holzbalken gesichert werden konnte, bildete den Einlass zum Innenhof der Blockhütte. Der Eingang wurde Tag und Nacht von zwei Bewaffneten bewacht.

Im Innenhof der Blockhütte befand sich ein hoher Holzturm, der immer mit einem Wächter zur Beobachtung der Umgebung des Dorfes besetzt war. Der große Innenhof und die Blockhütte boten im Falle eines Angriffs allen Bewohnern die Möglichkeit, sich hinter den Palisaden in Sicherheit zu bringen. Als die Zauberin das Tor erreichte, wurde sie von den beiden Torwächtern ehrfurchtsvoll begrüßt. Lächelnd ging die alte Frau weiter.

Wissend, von den Beiden nicht besonders gemocht zu werden Aber das galt für alle Bewohner, nur nicht für den Raben. Selbst der Fürst sah sie nur gerne, wenn sie ihm wichtige Nachrichten überbrachte oder Verletzungen und Krankheiten heilte. Sie war sich sicher, dass alle, die sich der Zauberei und Heilkunst verschrieben hatten, für die Menschen unheimlich waren. Mit diesen Gedanken betrat sie die Halle des Fürsten. Erleichtert stellte sie fest, dass der Fürst anwesend war. So musste sie ihn nicht lange suchen. Der Fürst saß vor einem großen aus Eichenholz hergestellten Tisch und begutachtete mehrere auf ihm liegende Schriftstücke.

Bei Airams Eintritt erhob er sich. Gespannt richtete er seine Augen auf die Zauberin.

"Sei gegrüßt, Airam. Sicher kommst du nicht um dich nach meinem Wohlbefinden zu erkundigen. Ich hoffe, du bringst mir keine schlechten Nachrichten."

Auf der anderen Seite vom Hadrianswall hatte Jeth den Dorfrand von Burensia erreicht. In dem Dorf erwartete ihn der Bote des Keltenfürsten.

Das Dorf lag in einer kleinen Senke. Es bestand aus etwa zwanzig Hütten, die an beiden Seiten der Dorfstraße wie an einer Perlenschnur aufgereiht standen. Die Straße führte aus dem Süden kommend durch den Wald, den Maximus eben noch beobachtet hatte, in Richtung Norden nach Parisi.

Die Bewohner hatten um ihr Dorf Weide - und Ackerflächen angelegt, auf denen sie ihr Vieh grasen ließen und Getreide anbauten. Jede Hütte besaß einen kleinen, säuberlich bestellten Gärten, in denen die Bewohner ihr Gemüse zogen.

Ziemlich genau in der Mitte des Dorfes befand sich der Brunnen zur Wasserversorgung der Dorfbewohner.

Schon vom Dorfrand erkannte Jeth, dass die Bewohner des Dorfes um den Brunnen einen Kreis gebildet hatten. Innerhalb des Kreises schien irgendetwas vorzugehen, das die Dörfler stark erregte.

Am Brunnen angekommen, schob Jeth einige der Umherstehenden beiseite und trat in den Kreis.

Was er dort sah, ließ ihn sogleich sein römisches Kurzschwert ziehen.

Taje, stand mit dem Rücken gegen den Brunnen gelehnt und wurde von drei römische Hilfssoldaten mit ihren Lanzen bedroht. Der junge Kelte hielt zwar sein Schwert in der rechten Hand und schwenkte es immer wieder von rechts nach links, aber gegen die ihn bedrohenden Lanzen konnte diese Verteidigung nicht lange erfolgreich sein. Mit einem Blick sah Jeth, die Blutflecken auf dem Schwert des jungen Kelten. Erst jetzt erblickte er einen Hilfssoldaten, der hilflos am Boden kauerte und sich mit der rechten Hand die blutende linke Schulter hielt. Neben dem verletzten Legionär saß ein junges Mädchen, deren lange blonde Haare völlig zerzaust das Gesicht bedeckten. Die Bluse des Mädchens war zerrissen und verbarg so den Anblick ihrer kleinen, festen Brüste vor den Augen der Umherstehenden nicht mehr. Sie hatte die Beine angezogen, der hochgerutschte Rock ließ so jedem Betrachter ihre schlanken wohlgeformten Beine erkennen.

Neben dem Mädchen lag ein umgestürzter Korb, der anscheinend mit den Früchten, die jetzt neben ihm lagen, gefüllt gewesen war.

Der Anblick des Mädchens ließ Jeth nur einen Moment zögern, dann wandte er sich wieder dem Kampf des Kelten mit den römischen Hilfssoldaten zu.

Die Kämpfenden nicht aus den Augen lassend rief er "Was geht hier vor? Stellt den Kampf ein. Sofort!" Da die Hilfssoldaten in dem Rufenden den Standartenführer ihrer Legion erkannten, ließen sie die Speere nach kurzem Zögern sinken. Der junge Kelte behielt sein Schwert weiterhin in der rechten Hand und bedrohte mit ihm noch immer die Legionäre.

Jeth sah den Boten der Kelten an und versuchte ihn zu beruhigen. "Es besteht keine Gefahr mehr. Du kannst dein Schwert wieder einstecken."

Dann wandte er sich dem ältesten der Legionäre zu. "Was ist hier vorgefallen? Warum bedroht ihr den Boten des Keltenfürsten?"

Wenn Jeth nun erwartet hatte, dass der Legionär ihn schuldbewusst ansehen würde, weil dieser mit seinen Kameraden den Gesandten eines Fürsten bedroht hatte, so sah er sich getäuscht.

Mit wütender Miene antwortete dieser "Was mischt du dich hier ein? Der Barbar hat uns angegriffen, als wir die Marktfrau bestrafen wollten. Sie hat meinen Kameraden dort", dabei zeigte er auf den noch immer am Boden sitzenden verwundeten Legionär, „betrogen. Sie hat ihm für zwei Assen einen verfaulten Apfel verkauft; als mein Kamerad das

Geld zurückforderte, hat sie sich geweigert es herauszugeben. Wir haben sie dann festgehalten um es ihr abzunehmen. Dabei hat sie sich wie eine wilde Katze gewehrt und dabei ist ihr Bluse zerrissen - ihre eigene Schuld war das. Dann kam dieser Kelte dazu und griff uns ohne Vorwarnung an. Als du kamst, waren wir gerade dabei ihn abzuwehren. Das Geld meines Kameraden haben wir immer noch nicht. Ich werde es jetzt holen." Der Legionär drehte sich um und wollte zu dem Mädchen gehen, als diese aufstand und ihm zurief "Bleib wo du bist oder ich steche dich nieder!" Blitzschnell zog sie ein Messer aus einer ihrer Rocktaschen und bedrohte den alten Legionär damit. Die Bedrohung eines erfahrenen, mit einer Lanze bewaffneten Legionärs mit einem Messer war eher bemitleidenswert und vor allem aussichtslos. Ein kurzer heftiger Schlag mit der Lanze auf die Messerhand ließ das Mädchen aufschreien und das Messer zu Boden fallen. Ein weiterer Schrei entfuhr dem Mädchen und der Schmerz ließ sie langsam zu Boden gehen. Dort kniete sie und starrte auf ihre schlaff vom Handgelenk herabbaumelnde Hand. Der Legionär ging näher zu ihr und drückte dem Mädchen die Lanzenspitze an die Kehle. Bluttropfen sickerten aus der von der Lanzenspitze verursachten Wunde am Hals.

Mit finsterem Blick sah der Alte das Mädchen an "Meinen Kameraden betrügen und mich bedrohen, dafür stirbst du am Kreuz, dass schwöre ich dir." Dann nahm er die Lanzenspitze vom Hals des Mädchens, hob den Kopf und sagte zu seinen zwei Gefährten "Nehmt sie mit ins Lager." Die zwei Soldaten rissen das Mädchen an den Armen hoch und schleiften es fort. Der alte Legionär beugte sich zu seinem verletzten Kameraden hinunter und inspizierte die Wunde. "Da hast du nochmal Glück gehabt, die Wunde ist nicht gefährlich. Komm, wir gehen zum wachhabenden Centurio und melden den Vorfall." Dann drängten sie sich durch die sie umgebenden Dörfler und folgten ihren Kameraden in das Heerlager.

Taje war klug genug, sich nicht mehr einzumischen. Er hatte einen Auftrag zu erfüllen und eine weitere Einmischung konnte diesen gefährden. So sah er den Träger der Standarte an und sagte "Ich nehme an, du wolltest mich zu deinem Feldherrn führen?" Auch Jeth wollte den unschönen Vorfall schnell vergessen. Sollte der Wachhabende sich um den Fall kümmern. Daher antwortete er "Ja, der Feldherr erwartet dich."

So verließen beide das Dorf und begaben sich zum Kastell des Maximus.

Der Bote der Kelten

Eine kurze Wegstrecke hinter dem Dorf blieb Taje plötzlich stehen und schaute den ebenfalls stehengebliebenen Jeth nachdenklich an. "Was geschieht mit dem Mädchen?"

„Wenn der Soldat bei seinem Centurio weiterhin eine Bestrafung des Mädchens verlangt, wird sie Maximus, dem Legaten der Legion vorgeführt. Er wird über sie das Urteil sprechen."

Langsam setzten die beiden ihren Weg zum Kastell fort.

Besorgt verzog Taje das Gesicht. "So wütend wie der alte Soldat war, bin ich überzeugt davon, dass er auf einer Verurteilung besteht. Was meinst du? Wie wird das Urteil des Feldherrn lauten?"

Jeth sah den Boten des Keltenfürsten nicht an, als er ihm auf der Straße zum Kastell antwortete "Das Mädchen hat einen Legionär betrogen und einen anderen Legionär angegriffen. Maximus hat keine Wahl, er muss das Mädchen zum Tode am Kreuz verurteilen. Würde er das nicht tun, verlöre er jeden

Respekt bei den Soldaten und auch bei den Dorfbewohnern."

Schweigsam gingen die beiden jungen Männer auf das Kastell zu. Dabei ließen sie abwesend ihre Blicke über die sie umgebende Landschaft schweifen.

Plötzlich unterbrach Taje die Stille. "Und wenn das Mädchen unschuldig ist, weil der Apfel nicht verfault war? Was ist dann? Der Angriff des Mädchens auf den Legionär wäre dann reine Selbstverteidigung gewesen."

Jeth lächelte. "Du solltest deine Aufgaben als Bote ablegen und Richter werden."

Erleichtert atmete Taje auf. "Es besteht also noch die Hoffnung, das Mädchen retten zu können?"

Auch jetzt blickte Jeth seinen Begleiter nicht an, als er diesem antwortete "Nein, sie hat mit dem Griff zum Messer und der Drohung, es gegen einen Legionär einzusetzen, nicht nur den Soldaten angegriffen. Schlimmer: Sie hat Rom angegriffen. Es ist dabei vollkommen unbedeutend, ob sie schuldig oder unschuldig ist. Rom kann das nicht dulden und wird durch seinen Legatus Maximus das Mädchen zur Kreuzigung verurteilen. Ich rate dir, vergiss das Mädchen."

Mittlerweile waren sie am Tor des Kastells angekommen. Die beiden Torwächter erkannten den Standartenträger ihrer Legion. Daher ließen sie ihn und seinen Begleiter ohne Kontrolle passieren und den Innenhof des Kastells betreten.

Jeth wollte soeben die Außentür des Kastellgebäudes öffnen, um zur Audienzhalle des Maximus zu gelangen, als sie laute Stimmen vom Tor der Wehrmauer vernahmen.

Taje verstand zwar nicht was dort so laut besprochen wurde, aber was er sah, ließ ihn wütend zum Portal zurückgehen. Der Bote der Kelten war aber nur zwei Schritte weit gekommen, als ihn der ihm folgende Jeth an seinem rechten Ärmel packte und zurückzog.

"Taje, ich weiß um deine Wut angesichts dieses Anblicks, auch ich empfinde sie. Aber wir können es nicht ändern."

Taje blickte noch immer voller Wut auf die Gruppe, die ihnen vom Tor der Wehrmauer, über den Innenhof entgegenkam.

Ein Centurio schritt auf die Audienzhalle zu, gefolgt von dem alten Legionär aus dem Dorf sowie zwei weiteren Legionären, die das an den Händen gefesselte Mädchen zwischen sich führten.

Die gebrochene rechte Hand der jungen Frau
pendelte dabei unentwegt hin und her. Die Fesselung
musste der jungen Frau furchtbare Schmerzen
bereiten.

Ohne auf den Standartenträger und seinen Begleiter
zu achten, betrat die Gruppe das Kastellgebäude und
begab sich zur Audienzhalle. Jeth und Taje folgten
der Gruppe in gebührendem Abstand.

Die Halle war etwa fünfundzwanzig Schritte lang,
fünfzehn Schritte breit und hatte eine Höhe von zehn
Fuß. Am Ende standen drei breite Stühle, nur der
mittlere war mit einer Rückenlehne versehen. Die
Stühle waren von hellgelber Farbe. Taje vermutete,
dass sie aus dem Holz einer Esche hergestellt worden
waren. Die Kenntnisse des jungen Kelten über
Holzverarbeitung waren zwar sehr lückenhaft, aber
er wusste um die Mühen der Bearbeitung des harten
Holzes. Weitere Möbelstücke waren in dem Saal
nicht vorhanden.

Die Wände waren mit Bildern geschmückt, auf
denen die Schlachten der Römer in Britannien
dargestellt wurden, Römische Soldaten in
glänzenden Rüstungen und Siegerposen, zu ihren
Füssen halbnackte sich ergebende oder getötete
Kelten. Die Bilder sollten allen die den Raum

betraten zeigen, wer die Herrscher des Landes waren.

An den Wänden hatte man in einigen Abständen Fackelhalter angebracht. In jeder von ihnen steckte eine armlange Fackel. Jetzt am Tag versorgten kleine rechteckige Fenster den Raum mit frischer Luft und Licht.

Hinter den Stühlen waren die Standarten der einzelnen Kohorten der Legion aufgestellt.

Taje schaute sich die Standarten genau an.

Ihre Tragestangen waren aus einem hellen, braunen Holz gefertigt. Das Holz war poliert, wodurch es leicht glänzte. Taje schätzte sie auf eine Länge von mindestens fünf Fuß. An ihnen waren die goldumrandeten, farbigen Standarten, auf denen in der Mehrzahl wilde Tiere abgebildet waren, befestigt. Jede Standartenstange trug an ihrer Spitze einen goldenen Adler.

Dann sah er sie, die Fahne, wegen der er hier war: Die Standarte der Rabenlegion.

Sie stand in der Mitte, etwas vor den anderen Standarten.

Im Vordergrund der Standarte war ein kohlschwarzer Rabe auf einem Felsen abgebildet. Die rechte Ecke wurde von einem hohen, grünen Strauch ausgefüllt.

Links vom Strauch und vom Raben erkannte Taje eine Wiese. Der Hintergrund war in Orange gehalten. Taje war sich nicht sicher, ob es ein Feuer oder das Farbenspiel der untergehenden Sonne darstellen sollte.

Dass der junge Krieger die Darstellung auf der Standarte so genau betrachten konnte, lag daran, dass diese im Gegensatz zu den Fahnen der Kohorten unten, oben und rechts an den Rändern von in den Säumen eingeschobenen dünnen Stäben ausgebreitet wurde.

Langsam löste Taje seine Augen vom imposanten Anblick der Standarten und wollte weiter in den Raum hineintreten.

Jeth sah dies, flüsternd forderte er den jungen Kelten auf "Bleib in der Nähe der Tür."

Fünf Schritte von den Stühlen entfernt, hatten sich der Centurio mit seinen Legionären und der Gefangenen aufgestellt. Die junge Frau blickte in Richtung der Stühle und kniete vor den Soldaten.

So konnte Taje nicht erkennen, ob ihr Gesicht Schmerz, Stolz, Gleichgültigkeit oder Angst ausstrahlte.

Schon bald hörten die beiden jungen Krieger Schritte vor der Tür.

Dann trat er ein, Maximus, der Feldherr der Legion. Er war in eine schneeweiße Tunika gekleidet, um die Hüfte trug er einen goldenen Gürtel. Im Gegensatz zu vielen reichen Römern trug er keinerlei Schmuck. Für einen Feldherrn wirkte er eher schlicht.

Hinter Maximus ging Weco und hinter diesem fünf Centurionen, gefolgt von zehn einfachen Legionären. Ohne auf die Anwesenden im Saal zu achten, begab sich der Feldherr zum mittleren Stuhl und ließ sich auf ihm nieder. Mit einer Handbewegung forderte er Weco auf, sich auf den links von ihm stehenden Stuhl zu setzen. Die Centurionen stellten sich hinter die Stühle und die Legionäre, flankierten sie in Fünfergruppen links und rechts.

Taje schaute zu Maximus und seinen Soldaten. Dabei dachte er: Der Feldherr muss viel Vertrauen zu seinen Kommandeuren haben, wenn er sie in seinem Rücken duldet.

Maximus Blick traf zuerst die Gruppe mit ihrer Gefangenen, blieb dann abschweifend für längere Zeit auf Taje hängen.

Taje spürte den kraftvollen und durchdringenden Blick und erkannte die von dem Feldherrn ausgehende Gefahr: wer ihn unterschätzte, beging einen tödlichen Fehler.

Nach einiger Zeit wandte sich Maximus dem vor ihm stehenden Centurio zu.

"Was ist mit dem Mädchen? Ihr habt sie trotz der schweren Verletzung an der rechten Hand gefesselt. Ist sie eine derart gefährliche Frau?"

Der Centurio bemerkte sehr wohl den Spott seines Vorgesetzten als er ihm antwortete "Bei allem Respekt Herr, wir haben nur die Vorschriften zur Vorführung Gefangener vor ihrem Richter eingehalten. Das Mädchen, wie ihr sie nennt, hat einen Legionär auf dem Markt betrogen und seinen Kameraden mit ihrem Messer angegriffen."

Zeigten die Gesichtszüge des Maximus bei der Anklage des Centurios eher ein Desinteresse, so huschte bei der Erwähnung des Messers, ein Schatten über das Gesicht des Befehlshabers.

"Du trägst hier eine schwere Beschuldigung vor, Centurio. Wer klagt sie an?"

Bevor der Centurio antworten konnte, trat der alte Legionär vor, schlug mit der rechten Faust auf seine Brustrüstung und antwortete mit fester Stimme "Ich, Odius, klage das Mädchen an, meinen Kameraden um zwei Asse betrogen zu haben. Als ich das Geld für meinen Kameraden zurückforderte, bedrohte sie mich mit dem Messer."

Das Gesicht des Maximus entspannte sich als er merkte, dass es sich hier nur um einen Streit zwischen einem Marktmädchen und einem einfachen Legionär handelte. Seine Befürchtung, es handele sich um einen beginnenden Aufstand der Dorfbewohner, war somit unbegründet.

Erst den Centurio und dann den Legionär durchdringend ansehend fragte er "Warum klagt der Betrogene das Mädchen nicht selbst an?"

Man merkte Odius die Wut auf das Mädchen an, als er antwortete "Mein Kamerad ist beim Arzt, um die Stichwunde an seiner Schulter behandeln zu lassen."

Maximus hatte sich in der Zwischenzeit gelangweilt auf seinem Stuhl nach vorne gebeugt. Als er aber vernahm, dass ein Legionär verwundet war, lehnte er sich langsam zurück.

"Wer hat sie ihm zugefügt, die junge Frau etwa? Das kann ich nicht glauben."

Der Legionär schüttelte den Kopf und wies auf die Tür. "Nein, es war der Kelte dort. Er wollte dem Mädchen helfen, als wir sie festhielten, um das Geld unseres Kameraden zurückzufordern."

Maximus schüttelte den Kopf. "Ich verstehe nicht ganz. Habt ihr die Kleider der jungen Frau so zerrissen, als ihr versuchtet das Geld zurückzubekommen?"

Der alte Legionär wollte seinem Feldherrn antworten, als er von ihm mit einer herrischen Handbewegung zum Schweigen gebracht wurde.

"Sei still. Ihr seid entlassen. Ich werde den Kelten befragen. Vielleicht bekomme ich ja von ihm eine zusammenhängende und vernünftige Aussage." Dann sah er den jungen Centurio der Anklage mit gerunzelter Stirn an "Wenn du weiter Centurio bleiben möchtest, dann rate ich dir, dich beim nächsten Mal besser vorzubereiten, wenn du jemanden mit einer Anklage vor meinem Gericht bringst. Jetzt gehe und warte im Vorraum meine weiteren Befehle ab."

Mit einem militärischen Gruß an ihren Befehlshaber, verließen der junge Centurio und seine Legionäre die Audienzhalle.

Maximus wandte sich dem neben ihm sitzenden Weco zu. "So eine wirre Anklage ist mir noch nie untergekommen. Ist dir der Centurio bekannt?"
Weco lächelte "Ich kenne ihn sehr gut. Er hat mir schon sehr oft bei der Erledigung wichtiger Aufträge geholfen. Er ist sehr intelligent und auch sehr mutig. Eine Anklage bei seinem höchsten Vorgesetzten

vorzubringen, hat ihn wohl etwas durcheinander gebracht."

Maximus lächelte. "Wie ist sein Name?"

"Fabius", antwortete ihm der alte Grieche.

"Schön mein Freund, wenn du so begeistert von ihm bist, teile ich ihn dir zur Unterstützung deiner Aufgaben zu."

Dann stand Maximus auf. "Jeth, komm bitte mit deinem Begleiter zu mir. Ich nehme an, es ist der Bote des Keltenfürsten."

Als Jeth sich mit Taje auf Höhe des Mädchens befand, sagte Maximus "Wie ist dein Name, Kelte."

Stolz blickte Taje den Befehlshaber an. "Ich bin Taje, der Bote und Enkel des Fürsten Helu."

"Schön", sagte Maximus. "Dann nimm bitte dein Schwert und befreie das Mädchen von den Fesseln."

Vorsichtig, um dem Mädchen nicht noch mehr Schmerzen zuzufügen, schnitt Taje die Fesseln des Mädchens durch.

Maximus beobachtete währenddessen die junge Frau. Dabei reifte ein Plan in ihm, wie er die Unterwerfung der Kelten leicht und erfolgreich durchsetzen könnte.

Eine Schande, diese schöne Frau zum Tode zu verurteilen!

Sie scheint stolz und, wenn ich mich nicht täusche, auch intelligent zu sein.

Sie wird nicht der Kreuzigung zugeführt, nein, für sie habe ich andere Pläne.

Um aber gegenüber den Dorfbewohnern keine Schwäche zu zeigen, werde ich einen anderen aus dem Dorf bestrafen müssen.

Sich von seinen Gedanken freimachend wandte er sich Jeth zu. "Hole bitte diesen famosen Fabius herein."

Jeth verließ den Saal und kehrte schon bald mit dem jungen Centurio zurück.

Hatte Fabius befürchtet, Maximus würde ihn für sein Versagen bei der Anklageerhebung nochmals tadeln, so sah er sich getäuscht.

"Fabius, ich habe gehört, dass du sehr gut mit Weco zusammenarbeitest. Ich unterstelle dich daher dem von mir für seine Treue mit der Freiheit belohnten Weco und dem Centurio Roman. Du wirst den beiden bei einer schwierigen Aufgabe helfen. Deinen ersten Auftrag erhältst du aber von mir. Bring das Mädchen zum Arzt und lass ihre Hand versorgen. Danach gehst du mit ihr zu meiner Unterkunft und bleibst bis zu meiner Ankunft bei ihr. Ich kann dich nur warnen, passe gut auf sie auf. Entkommt sie dir, wartet der Tod auf dich."

Die beiden hatten fast den Raum verlassen, als Maximus dem Mädchen zurief "Mädchen, wie heißt du?"

Im Weitergehen und ohne sich umzudrehen antwortete sie "Nao, ich heiße Nao!"

"Ganz schön stolz die Kleine," murmelte Maximus als er sich dem Boten des Keltenfürsten zuwandte.

"Wie war noch einmal dein Name?"

Seinen Ärger bei der wiederholten Frage nach seinem Namen zeigte Taje nicht.

"Ich heiße Taje und komme, um dir eine Nachricht von meinem Fürsten zu überbringen."

Am Anfang hatte Maximus geplant, den Boten hart anzufassen, aber mittlerweile reifte in ihm ein Plan, der ihn davon abhielt.

Sollte dieser Plan gelingen, musste er den Boten täuschen und ihm friedliche Absichten der Römer vorgaukeln.

"Sei gegrüßt Taje, was lässt mir der Fürst der Kelten durch seinen Boten mitteilen?"

"Helu, der Fürst der Kelten von ganz Britannia, sendet dir Maximus, siegreicher Feldherr von Rom, seinen Gruß."

Maximus musste lächeln: Fürst der Kelten von ganz Britannia. Dabei bestand sein Reich nur aus einem schmalen Streifen Land zwischen dem Hadrians – und dem Antoninuswall.

Der Feldherr hatte sich in seinem Stuhl zurückgelehnt und sah Taje fragend an.

Taje war kein ausgebildeter Diplomat, wusste aber, dass Maximus niemals fragen würde, welche Botschaft er von seinem Fürsten zu überbringen hatte. Dafür war der Feldherr zu stolz.

Daher sprach er weiter. "Helu, meinem Fürsten, wurde berichtet, dass die Legion am Hadrianswall in ihrer Standarte einen Raben führt. Ihr, Herr, seid neu in diesem Land und wisst sicher nicht, dass der Rabe ein heiliges Zeichen unseres Gottes Luges ist. Es ist außer unseren Schamanen niemandem gestattet, dieses Zeichen zu führen.

Mein Fürst bittet euch daher, für die Standarte der Legion ein anderes Zeichen zu wählen."

Mit sanftem, freundlichen Blick sah Maximus den Boten an. "Ich habe deine Worte vernommen, Bote des Keltenfürsten. Bitte teile dem Fürsten meine Grüße mit. Es tut mir leid, wenn das Wappen den Glauben eures Volkes verletzt. Ich werde zum Kaiser schicken und ihn bitten, ein anderes Wappentier für die Legion auszuwählen. Ich selber kann es leider nicht. Es ist das Privileg des Kaisers, das Aussehen der Standarten seiner Legionen auszuwählen. Daher kann auch nur der Kaiser das Zeichen ändern. Dem Fürsten ist sicher bewusst, dass es eine Weile dauern wird, bis eine in Rom hergestellte und vom Kaiser geweihte neue Standarte hier eintrifft.

Auf keinen Fall ist es meine Absicht, den Glauben eures Volkes zu verletzen. Daher werde ich die Standarte außerhalb unserer Festung und bis zur Entscheidung des Kaisers verhüllen.

Bitte richtet dem Fürsten meine Worte mit einem Gruß und einer Einladung in mein Kastell aus."

Taje wusste, dass die Audienz damit beendet war. Mit einem Nicken des Kopfes verließ er den Raum. Auch er wurde kurz vor dem Verlassen vom Legaten gebeten im Vorraum zu warten.

Als der Bote mit Jeth den Saal verlassen hatte, sah Weco seinen Feldherrn verwundert an.

Dieser lächelte. "Mache dir keine Sorgen um meinen Geisteszustand, alter Freund. Es ist nur eine List, um Zeit zu gewinnen. Selbstverständlich bleibt der Rabe unser Wappentier in der Legionsstandarte. Bald werden die Stämme des Nordens sehen, wie ihr heiliger Vogel über sie kommen wird. Nun gehe zum

Boten und unterhalte dich in aller Freundschaft mit ihm. Ich muss versuchen, das Mädchen für meine Zwecke zu gewinnen. Wenn es gelingt, folge ich euch. Falls nicht, schicke ich dir Fabius mit einem Geschenk für den Fürsten und du kannst den Boten entlassen."

Auf dem Weg zu seiner Unterkunft, wo das Mädchen mit dem Centurio Fabius auf ihn wartete, überlegte Maximus ob er bei seinem Plan an alles gedacht hatte. Er hatte das Mädchen nur einen kurzen Augenblick gesehen, aber das genügte, um sich ein Urteil über die Schöne zu verschaffen. Sie schien außerordentlich stolz und keineswegs ängstlich zu sein. Ebenso durfte er ihre Tapferkeit auf keinen Fall unterschätzen. Die Schmerzen in ihrer gebrochenen Hand mussten unerträglich gewesen sein. Trotzdem hatte sie keine Anzeichen für Schmerz gezeigt, Würde bewahrt. Dass sie ein williges Werkzeug bei seinem Plan werden würde, die Stämme des Nordens zu unterwerfen, dafür musste er sich schon etwas Besonderes einfallen lassen. Einfache Drohungen würden bei der jungen Frau nicht ausreichen. Wie war nochmal ihr Name?

Nao, ja so war ihr Name.

Mittlerweile war Maximus vor der Tür zum Eingang seiner Unterkunft angelangt. Mit einem Ruck öffnete er die Tür und betrat den Vorraum seiner Gemächer. Sofort fiel sein Blick auf das Mädchen.

Der Vorraum war ebenso wie der Audienzsaal schlicht eingerichtet und das Licht des Tages wurde durch schmale Öffnungen in der Außenmauer hereingelassen. Die Wände waren mit Fellen verschiedener Tiere des Waldes behangen. Da hingen neben den Fellen von Bären die Häute von Luchs, Rotwild, Wölfen sowie anderer heimischer Tiere. Gegenüber der Eingangstür waren drei gewaltige Geweihe von Elchen an der Wand befestigt. Die Geweihe hingen dort schon bei seiner Ankunft. Ob es hier in Britannia überhaupt Elche gab oder diese aus Germania stammten, wusste der Feldherr nicht. Bisher hatte er auch noch niemanden danach gefragt. Möbel, vor allem Stühle, auf die sich wartende Gäste setzen konnten, suchte man in dem Raum vergebens. Das Mädchen und der Centurio standen aufrecht vor einer Wand und bestaunten die dort aufgereihten Geweihe.

Erst nachdem er den Raum betreten und die Tür geräuschvoll geschlossen hatte, bemerkten die zwei den Feldherrn und wandten sich ihm zu.

Lächelnd, seine geplante List in Höflichkeit gekleidet, sah er die zwei an. "Ich sehe, mein Centurio unterhält meinen Gast vorzüglich. Leider muss ich mit Nao unter vier Augen sprechen, daher tut es mir leid, euch stören zu müssen. Ich bitte dich, Fabius, im Flur auf uns zu warten."

Mit dem römischen Gruß an seinem Vorgesetzten verließ der junge Centurio den Raum.

Langsam schritt Maximus auf das Mädchen zu. Dabei lächelte er sie an und auf ihre verletzte Hand deutend sagte er "Ich sehe der Arzt hat deine Hand bereits versorgt. Für das rüde Vorgehen meiner Legionäre muss ich mich entschuldigen. Möchtest du, dass ich sie bestrafe?"

Nao verstand das Geschehen nicht. Sie hatte für ihr Verhalten eine harte Bestrafung durch die Römer erwartet. Stattdessen war der Legatus der Legion außerordentlich freundlich zu ihr. Das entsprach so gar nicht dem, was sie von dem Kommandeur gehört und was sie mit den Römern erlebt hatte. Bisher hatte der Feldherr doch schon das kleinste Vergehen streng bestraft. Mit Grauen dachte sie noch an die Kreuzigung der Dorfältesten und ihrer Familien. Alle Dorfbewohner hatten dabei zusehen müssen, selbst kaum noch gehfähige alte Leute und kleine Kinder wurden gezwungen, diesem fürchterlichen Spektakel beizuwohnen.

Die Frage des Maximus beantwortete sie mit einem leichten Kopfschütteln. Auf keinen Fall wollte sie sich noch mehr dem Zorn des alten Legionärs aussetzen.

Der Feldherr war wohl mit der Antwort von ihr sehr zufrieden, denn ein sanftes Lächeln überzog sein Gesicht.

"Nao, wie du siehst, sind wir Römer nicht so grausam wie wir immer dargestellt werden. Du scheinst dich mit Fabius sehr gut zu verstehen. Soeben ist mein Centurio Marcus mit seiner Kohorte vom Hadrianswall zurückgekehrt. Er wird nun hier mit seinen Soldaten die Aufgaben Fabius übernehmen. Fabius wird in meinem Auftrag am Hadrianswall Bäume fällen lassen und hierher transportieren. Ich möchte, dass du ihn begleitest. Sicher kannst du ihm bei den Verhandlungen mit eurem Volk sehr nützlich sein. Zudem sind wir auch sehr daran interessiert, mit deinem Volk Handel zu treiben. Wir benötigen nicht nur Holz, auch an Schlachtvieh, Getreide und Fellen sind wir sehr interessiert. Ich könnte mir gut vorstellen, dass auch deine Leute gerne Waren von uns bezögen.

Daher wäre es für mich nützlich und von Vorteil zu wissen, wie deine Leute uns einschätzen und wie sie über den Handel mit uns denken."

Nao erkannte in dem ausgeklügelten Vorschlag nicht die wahre Absicht: Spionage.

Maximus forderte sie zur Spionage auf!

Er selbst war nur auf seinen Vorteil bedacht, wollte die Barbaren des Nordens durch scheinbar ehrliche Handelsbeziehungen in Sicherheit wiegen, um dann mit seinen Legionären den Hadrianswall zu überschreiten und die Stämme zu unterwerfen, die sich im tiefsten Frieden wähnten.

Durch die Handelsbeziehungen konnte er das Land hinter dem Wall zusätzlich in aller Ruhe durch seine Spione auskundschaften lassen. Wenn er dann noch durch Nao erfahren würde, ob die Stämme kriegsbereit oder friedfertig gegenüber den Römern sind, wäre der Feldzug perfekt vorbereitet.

Mit einem freundlichen Lächeln sah er die junge Frau an. "Was hältst du davon?"

„Ich werde dem Fürsten deinen Vorschlag unterbreiten und hoffe, dieser bringt unseren Völkern den Frieden."

Mit einem charmanten Lächeln reichte der Feldherr der jungen Frau seinen Arm und führte sie zu Fabius.

Zu dritt gingen sie nun zu Weco, Taje und dem Centurio Roman.

Immer noch lächelnd, trat er mit seiner Begleitung auf die Wartenden zu.

Zu Taje sagte er "Wie ich eben schon erwähnte, bestelle dem Fürsten, dass ich einen Boten zum Kaiser sende. Ich werde ihn bitten, ein anderes Wappentier für die Standarte auszuwählen. Der Kaiser ist ein Mann, der auch die Götter fremder Völker achtet und ich bin sicher, er wird meinem Vorschlag folgen.

Ich bitte dich, meine Unterhändlerin Nao und meinen Centurio Fabius, der sie zu ihrem Schutz begleiten wird, mit zu deinem Fürsten zu nehmen. Nao wird ihm meine Vorschläge für einen Handel zwischen unseren beiden Völkern unterbreiten."

Mit einem freundlichen Gruß verließ er mit Weco die jungen Leute.

Den Raben, der sich mit leisem Flügelschlag Richtung Norden erhob, hatte keiner von ihnen bemerkt.

Der Aufbruch

Weco sah vom Beobachtungsturm des Kastells zu,
wie der Nebel den Boten des Keltenfürsten mit Nao
und dem Centurio Fabius auf dem Weg zum
Hadrianswall seinen Blicken entzog.
Der alte Mann würde den jungen Centurio sehr
vermissen. Während ihrer gemeinsamen Zeit in der
Rabenlegion hatten die so unterschiedlichen Männer
viele gemeinsame Abenteuer glücklich überstanden.
Ja, er würde seinen jungen Freund sehr vermissen.
Mit einem Seufzer und einem letzten Blick auf den
nun leeren Weg Richtung Hadrianswall verließ der
Alte den Turm und begab sich zu seiner Unterkunft.

In der Zwischenzeit hatte Nao mit ihren Begleitern
die im tiefen Nebel liegende Wiese verlassen und
den angrenzenden Wald erreicht. Fabius führte auf
seinem Pferd Vulcanus reitend den Zug an. Als er
das Pferd vor einigen Monaten von seinem Vater zu
seinem zwanzigsten Geburtstag als Geschenk erhielt,
bemerkte er sehr schnell, dass selbst der Vulkan Ätna

nicht so viel Feuer besaß, wie sein neuer Besitz. Er hatte lange überlegt, ob er dem Pferd den Namen Vulcanus geben sollte. Angst hatte er vor dem Zorn des Schmieds der Götter, dessen Name sein Pferd tragen sollte. Diese Angst war wohl unbegründet. Bis jetzt hatte der Gott ihn noch nicht bestraft. Hinter Fabius folgten zu Fuß fünf Legionäre. Vor den Fußsoldaten ritten Taje und Nao. Weder Taje noch Nao hatten je ein Pferd besessen oder waren auf einem geritten. So machten sie anfangs keine gute Figur auf den Rücken ihrer Pferde. Die spöttischen Bemerkungen der ihnen folgenden Legionäre vernahmen sie sehr wohl und es schmerzte sie. Taje war es gar nicht recht gewesen zu reiten und sich dabei dem Spott der Legionäre auszusetzen. Schließlich war er der Bote des Keltenfürsten! Aber Fabius hatte darauf bestanden. Er hielt es für unmöglich, den Boten der Kelten und Nao, die Botin des Maximus, mit den gewöhnlichen Legionären auf eine Stufe zu stellen, sie zu Fuß laufen zu lassen. Also hatten sie sich schweren Herzens dazu entschlossen, das Abenteuer Reiten einzugehen. Glücklicherweise ritt Fabius vor ihnen und so war es ihnen möglich seine Haltung auf dem Pferd schnell nachzuahmen. Lenken brauchten sie die Pferde nicht. Ihre erfahrenen und vom Wesen her ruhigen Reittiere blieben stehen, wenn die Legionäre hielten und liefen weiter, wenn diese den Marsch fortsetzten. So gab es für die Legionäre bald keinen Grund mehr, über ihre beiden Gäste zu spotten.

Hier im Wald wurden sie von dem Nebel, der sie auf der Wiese umgeben hatte, nicht mehr belästigt. Der Weg, auf dem sie sich in Richtung Hadrianswall bewegten, war vor noch nicht langer Zeit ein schmaler Trampelpfad gewesen. Die Römer hatten ihn vor einigen Jahren verbreitert und mit Pflastersteinen belegt. So war es nun auch schweren Fuhrwerken möglich, schnell und sicher vom Süden in den Norden oder in umgekehrter Richtung zu reisen. Von Londinium bis zum Hadrianswall boten in Abständen von einem Tagesmarsch aufgestellte Hütten den Reisenden des Nachts Schutz vor Unwetter und wilden Tieren.

Nao und Taje hatten sich in der Zwischenzeit angefreundet und waren recht froh, sich in ihrer Sprache unterhalten zu können, ohne dass die sie umgebenden Römer ihre Worte verstanden.

"Wie geht es deiner Hand?"

"Seit der Arzt sie geschient hat und ich sie in einer Schlinge trage, sind die Schmerzen zu ertragen", antwortete die junge Frau dem Boten.

"In zwei Tagen sind wir in unserem Dorf, dort wird sich Airam deine Hand ansehen, sie ist unsere Heilerin. Ich kenne kein Leiden, dass sie nicht heilen konnte. Bis dahin sollten wir die Hand immer wieder mal mit Wasser kühlen."

Nao sah ihren Begleiter zweifelnd an. "Das würde nur gehen, wenn jeder ein wenig von seinem Wasser abgibt. Ich glaube kaum, dass mir auch nur ein römischer Soldat zur Kühlung meiner Hand Wasser gibt. Dafür würde schon Odius sorgen."

Taje verzog seinen Mund und nickte leicht mit dem Kopf. "Ich fürchte, du hast recht. Dann müssen wir zu anderen Mitteln greifen: ich werde Fabius bitten, es seinen Soldaten zu befehlen."

Nao schüttelte ihren Kopf und lauter als sie wollte antwortete sie dem jungen Kelten "Nein, das möchte ich nicht. Odius würde Fabius dafür hassen und Fabius hat genug damit zu tun, uns heil in euer Dorf zu führen. Noch schlimmer wird es für ihn, wenn die Verhandlungen scheitern. Ich kann mir nicht vorstellen, dass Helu ihn dann unbehelligt über den Hadrianswall nach Parisi ziehen lässt."

Taje schüttelte den Kopf. Seine Begleiterin ansehend, versuchte er, ihr die Angst zu nehmen. "Helu ist ein Fürst. Er würde nie einem Boten etwas antun."

"Da hast du sicher recht Taje, aber Fabius ist kein Bote; er ist für meinen Schutz abgestellt worden: die Botin bin ich. Hinter dem Hadrianswall bedarf es nur einer kleinen Missetat eines Römers und Helu wird dafür sorgen, dass keiner von ihnen Parisi jemals wiedersieht. Ich bin mir sicher, Fabius weiß das und deshalb möchte ich ihn nicht in Schwierigkeiten bringen, noch bevor wir euer Dorf Ibensium erreichen."

Nachdenklich sah Taje die junge Frau an. "So wollen wir hoffen, dass wir in der Schutzhütte Wasser und ein Gefäß finden, damit wir für den weiteren Weg ausreichend Wasser zur Kühlung deiner Hand haben."

Nao machte sich nicht nur Sorgen um ihre verletzte Hand, diese hatte der Arzt sehr gut behandelt und sie würde schon wieder verheilen. Viel Schlimmer war, dass Odius an ihrem Zug in den Norden teilnahm. Vordergründig erschien er nicht feindlich, blickte gleichmütig, ja gleichgültig, auf die verletzte Frau. Fühlte er sich unbeobachtet, sah Nao jedoch den

Hass in den Augen des Römers. Einen Tag vor ihrem Aufbruch hatte Maximus den alten Soldaten zum Principales befördert. Nao war sich sicher, dass Odius nur befördert worden war, um nicht mehr auf ihrer Verurteilung zu bestehen. Jetzt war der Legionär ein Soldat mit Befehlsgewalt. Wie würde Odius sich verhalten, wenn Fabius unterwegs etwas zustieß? Solange sie den Auftrag des Maximus noch erfüllen musste, war sie sicher. Odius würde es niemals wagen, sie daran zu hindern. Hatte sie ihr Pflicht getan, war sie für Maximus nicht mehr von Bedeutung, wurde wieder zum Freiwild, was sicher auch Odius bewusst war.

Sie musste versuchen, für den Fürsten und den Legatus unverzichtbar zu werden, dann konnte der alte Legionär ihr nichts anhaben.

Am frühen Abend erreichten sie die Schutzhütte. Diese war vierzig Fuß lang und fünfzehn Fuß breit, die Wände waren aus aufeinandergelegten Baumstämmen errichtet. Aus dem Schilf der Hochmoore des Pennines Gebirges hatte man das Dach gebaut. Kleine schmale Fenster ließen nur wenig Tageslicht in die Hütte fallen und die schmale, niedrige Eingangstür konnte mit einem Rinderfell verschlossen werden. In der Mitte des Raums befanden sich drei Feuerstellen.

Taje kannte die Hütte, die vor langer Zeit von einem seiner Vorfahren erbaut worden war. Nach ihrer Fertigstellung hatte sich niemand von den hiesigen Stämmen um die Hütte gekümmert und auch die Römer hatten den Verfall nicht aufgehalten. Den kompletten Ruin der Hütte hielten Reisende auf, die bei ihren Aufenthalten den einen oder anderen Schaden behoben. Trockenes Holz für die Feuerstellen oder gar Liegestätten zum Schlafen gab es nicht. Dafür mussten die Reisenden selbst sorgen. Dem Boten des Keltenfürsten war das alles bekannt und so war er gespannt, wie die in seinen Augen verwöhnten Römer ihr heutiges Nachtquartier aufnahmen.

Maximus hatte nicht lange gewartet. Kaum hatte Nao mit ihrer Begleitung das Kastell verlassen, begab sich der Centurio Marcus in Begleitung von zehn Legionären in das Dorf Burensia.

Mit ausgewählter Höflichkeit baten sie alle Einwohner zum Brunnen des Dorfes und als Männer,

Frauen und Kinder sich eingefunden hatten begann
Marcus, die Befehle des Maximus zu vermelden.
"Maximus, der glorreiche Feldherr und Legat der
Rabenlegion, hat beschlossen, dass Kastell Parisi zu
einem sicheren Ort für die Legion auszubauen.
Maximus liebt alle Menschen, egal ob Römer oder
Kelte." Gerade noch rechtzeitig hatte er das Wort
"Barbaren" unterdrücken können.
"Daher wird die Festung so ausgebaut, dass sie bei
einem Angriff feindlicher Stämme auch euch Schutz
bieten wird. Für die sichere Befestigung werden
viele Baumstämme benötigt. Diese werden wir uns
mit der Erlaubnis des Fürsten Helu von der anderen
Seite des Hadrianswalls holen. Wie ich schon sagte,
wird das Kastell auch für die Sicherheit der
Dorfbewohner stärker befestigt. Darum ist Maximus
sicher, dass ihr uns freudig bei den Arbeiten helfen
werdet." Nur, wer in diesem Augenblick Marcus
genau beobachtet hatte, konnte den Spott im Gesicht
des Römers erkennen. "Ich bitte alle Männer mir
zum Hadrianswall zu folgen. Die Frauen des Dorfes
müssen die Bestellung der Felder in diesem Jahr
ohne ihre Männer vornehmen. Wenn wir das Fällen
der Bäume und deren Transport nach Parisi schnell

erledigen, können wir rechtzeitig zur Ernte wieder zurück sein."

Als Marcus von seinem Feldherrn den Auftrag erhalten hatte, die Dorfbewohner in aller Freundlichkeit von der Erweiterung des Kastells und der Mithilfe durch die Bewohner des Dorfs in Kenntnis zu setzen, war sein Ärger anfänglich groß. Es wäre ihm lieber, die Barbaren widersetzten sich ihm, dann könnte er ihnen die ganze Härte Roms zeigen. Er sah in allen, die nicht die römische Staatsbürgerschaft besaßen, nur Sklaven Roms. Erst als sein Feldherr ihn und eine Anzahl ausgewählter Offiziere in seine geheimen Pläne einweihte, verflog sein Ärger.

Wie er so vor den Bewohnern des Dorfes stand, machte es ihm mächtigen Spaß, die von den Angriffsplänen des Feldherrn ahnungslosen Dorfbewohner zu verspotten. Die Barbaren würden schon bald erleben, wie er sich von einem freundlichen Römer in einen gnadenlosen Krieger Roms verwandelte.

Und so fuhr er in seiner Ansprache fort. "Da also Eile geboten ist, bitte ich alle Männer des Dorfes morgen bei Tagesanbruch zum Kastell zu kommen. Ihr werdet dann unter meinem Schutz zum

Hadrianswall aufbrechen. Nehmt nur zu trinken, zu essen und Decken für die Nacht mit. Alles andere erhaltet ihr frei von der Legion."

Insgeheim hatte Marcus gehofft, die Dorfbewohner würden sich weigern den Befehlen nachzukommen und so war er tief enttäuscht als der Dorfälteste vortrat, um ihm im Namen aller Dorfbewohner sein Einverständnis mitzuteilen.

Es gelang Marcus aber, die Worte des Ältesten mit einem freundlichen Lächeln aufzunehmen. "Ich danke dir und deinen Leuten für euer Verständnis und eure Hilfsbereitschaft. Wie ihr wisst, gab es hier am Brunnen einen Vorfall zwischen Nao, einer Dorfbewohnerin und drei Soldaten. Nao wurde vom Legaten freigesprochen und ist jetzt unter Begleitschutz als seine Botin auf dem Weg zum Fürsten Helu. Sie soll dem Fürsten die Vorschläge des Maximus für bessere Beziehungen zwischen unseren Völkern unterbreiten. Die Eltern Naos mögen bitte vortreten und mir zum Kastell folgen. Maximus möchte sich bei ihnen bedanken, dass ihre Tochter diese schwere Aufgabe zum Wohle Roms und der Stämme der Kelten übernommen hat."

Aus der Mitte der Bewohner traten eine Frau und ein Mann heraus, denen man ein Leben, geprägt von Arbeit und Entbehrungen, ansah.

In den vierzig Jahren ihres Lebens war das Haar ergraut und dünn geworden, die vom Wetter gegerbte Haut wies tiefe Falten auf. Beide trugen die gleichen wadenlangen Hemden mit bis zu den Ellenbogen reichenden Ärmeln. Das einstmals schwarz-weiß karierte Muster der Kleidungsstücke war verblasst, kaum noch zu erkennen. An den Füssen trugen sie aus Hirschleder gefertigte Bundschuhe. Marcus fiel auf, dass Naos Eltern entgegen den Gewohnheiten der Kelten, keinen Schmuck trugen.

Mit einer leichten Verbeugung antwortete der Mann dem Centurio "Mein Name ist Glen und hier neben mir steht meine Frau Una. Wir sind die Eltern von Nao. Es ist uns eine Ehre, den Wunsch des Legaten zu erfüllen und mit Freude werden wir dir nach Parisi folgen. Da du uns bittest dir sofort zu folgen, muss ich meinem Nachbarn Owen noch zeigen, wo wir unsere Vorräte lagern. Ich bitte dich, somit um einen Augenblick Geduld. Ich bin gleich zurück."

Bevor Marcus Einwände erheben konnte, hatte Glenn den Dorfältesten am Ärmel gefasst und zog ihn zu seiner Hütte. Nachdem sie die Hütte betreten hatten, sah Owen Glenn eindringlich an. "Was soll das Glenn, die Vorräte liegen sichtbar auf dem Regal in der Hütte. Das ist in allen Hütten so, was willst du also von mir?"

Mit sorgenvoller Miene blickte Glenn den Dorfältesten und seinen besten Freund an. "Natürlich will ich dir nicht zeigen, wo die Vorräte sind. Ist dir klar, warum Una und ich ins Kastell kommen sollen? Du glaubst sicher nicht den Unsinn, dass der Legat uns ehren will? Der Feldherr will uns als Geiseln. Er hat durch uns ein Druckmittel gegen Nao. Das ist der einzige Grund." Bitte sende einen Boten nach Ibensium zum Fürsten Helu und berichte ihm von unserer misslichen Lage. Er wird dann wissen, was zu tun ist."

Einen Tagesmarsch vom Hadrianswall entfernt hatten Nao, Taje und Fabius mit seinen Legionären es sich in der Hütte so gut es ging bequem gemacht. Sie hatten genügend trockenes Holz im Wald gefunden, um an drei Feuerstellen wärmende nicht so stark qualmende Feuer zu entzünden. Um zwei Feuerstellen hatten sich Odius und die Legionäre gruppiert. Etwas entfernt von ihnen saßen Nao, Taje und Fabius am dritten Feuer. Wenn leise gesprochen wurde, konnte man an den anderen Feuern die Worte der Redner nicht hören. Die Flammen der Feuer beleuchteten ihre nähere Umgebung, so sah Nao aber die Gesichtszüge und die Körpersprache des ihr am anderen Feuer gegenübersitzenden Odius sehr genau. Das, was sie sah, beunruhigte sie sehr, ja machte ihr sogar Angst, besonders als Odius bemerkte wie sie zu ihm hinübersah. Der alte Legionär zog den Zeigefinger seiner rechten Hand über seinen Hals. Nao sah sich in ihrer Vermutung bestätigt: Odius hegte keine Sympathie für sie, aber der derart starke Hass erschreckte sie sehr.

So saß die junge Frau in ihren Gedanken völlig abwesend am Feuer und registrierte die plötzliche absolute Stille in der Hütte zunächst nicht.

Erstaunt blickte sie auf und sah Taje an. "Was ist los, warum seid ihr so leise?" Taje deutete mit seinem auf den Lippen gelegten Zeigefinger an, dass auch sie schweigen möge. Dann raunte er ihr zu "Sei ganz still, ich glaube es nähern sich Menschen."

Auch Fabius hatte Geräusche vernommen. Leise sagte er zu Taje "Ich bleibe am Feuer sitzen. Begib dich zu den anderen Feuern und verbirg dich mit

Odius und drei Legionären im Schatten der Hütte.
Die beiden anderen sollen an ihrem Feuern sitzen
bleiben und sich ruhig weiter unterhalten. Sollten es
Feinde sein, die in die Hütte eindringen wollen, so
könnt ihr sie aus dem Schatten heraus überraschend
angreifen. Es werden sicher erst Kundschafter die
Hütte betreten. Greift also erst an, wenn alle in der
Hütte sind."

Mit einem Nicken gab Taje Fabius zu verstehen, dass
er ihn verstanden hatte. Dann gingen er und Nao
leise zu den Feuern der Legionäre und Fabius sah,
wie sich die Soldaten erhoben und in die Dunkelheit
der Schatten zurückzogen. Wie er es bestimmt hatte,
blieben nur zwei Legionäre am zweiten Feuer sitzen.
Genau wie Fabius saßen sie mit dem Gesicht zum
Eingang und hatten ihre Waffen griffbereit neben
sich liegen.

Sie hatten ihre Positionen eben erst eingenommen,
als Fabius sah, wie eine Hand den Fellvorhang am
Eingang vorsichtig zur Seite schob.

Ibensium

Besorgt sah Airam ihren Fürsten an. "Unser gefiederter Freund ist aus Parisi zurück. Er bringt uns keine guten Nachrichten. Du weißt, ich bin nur das Sprachrohr des Boten unseres Gottes Lugus. Zürne mir daher nicht."

Mit einer leichten Bewegung seiner rechten Hand und einem Lächeln wischte der Fürst ihren Einwand beiseite.

"Sei unbesorgt Airam, du weißt, dass ich nicht ein Fürst bin, der den Boten einer schlechten Nachricht bestraft. Sag mir, welche Neuigkeiten von der anderen Seite des Walls bringt uns der Bote des Lugus."

Schnell und ein wenig aufgeregt berichtete Airam ihrem Fürsten vom Plan des Maximus, das Land hinter dem Wall abermals für die Römer in Besitz zu nehmen. Schon nach den ersten Worten seiner Zauberin begann Helu nervös in der Halle auf– und abzugehen. Airam sah, aus seinem Gesicht sprach eine große Besorgnis.

Als sie ihren Bericht mit den Worten "das macht mir große Angst" beendet hatte, trat Helu nahe an sie heran, legte seine Hände auf ihre Schultern und sagte mit traurigem Blick. "Ich hätte nicht gedacht, dass wir noch einmal gezwungen sein würden, gegen die Römer zu kämpfen. Du weißt, meine treue Freundin, dass wir den Kampf nicht gewinnen können!

Ich wähnte uns hier in Sicherheit. Es gibt kein Zinn oder Gold, absolut nichts, worauf die Römer es abgesehen haben könnten. Hier gibt es nur Wald und ein wenig Wild. Darum haben sie uns das Land wieder überlassen. Warum nur wollen sie es nun wieder in Besitz nehmen?"

Mit einem leichten Kopfschütteln antwortete die Zauberin "Ich bin mir nicht sicher, ob Rom unser Land will. Vielmehr glaube ich, es ist der Wille des Feldherrn. Der Legat scheint sehr ehrgeizig zu sein und will wohl nach dem Sieg über uns als gefeierter Held nach Rom zurückkehren. Wir sollten einen Boten nach Londinium schicken und dem dortigen Befehlshaber von den Plänen des Maximus berichten. Vielleicht stoppt er die Angriffspläne des Legaten."

Helu sah seine Zauberin zweifelnd an. "Aber was ist, wenn der Feldherr nicht eigenmächtig handelt? Dann wissen die Römer, dass wir ihre Pläne kennen. Damit würden wir unseren einzigen Vorteil aus den Händen geben - NEIN, das lasse ich nicht zu.

Wen haben wir zur Beobachtung der Römer in Londinium?"

"Ich habe den Schmied Bran nach Londinium gesandt. Er hat sich dort bei den Römern einen guten Namen als Heiler ihrer Pferde gemacht."

Mit der rechten Faust in seine geöffnete linke Hand stoßend antwortete Helu "Das ist sehr gut! Bran soll beobachten, ob die Römer sich dort für einen Krieg rüsten. Sollte der Angriff von Rom gebilligt sein, so wird nicht nur die Rabenlegion den Hadrianswall überschreiten. Sie werden Verstärkung aus dem Süden herbeiholen. Ich brauche diese Information!

Seine Mimik drückte Entschlossenheit aus. "Bring schnell in Erfahrung, was die Römer hinter dem Wall machen. Ich benötige jede Einzelheit.

Jetzt schicke Tristan zu mir, ich muss ihn sprechen."

Als Airam den Raum verließ, sah Helu seiner Zauberin nach, die rechte Hand gegen die Stirn gepresst, fühlte er neben dem Zorn über den Verrat der Römer auch eine große Angst um sein Volk.

Airam musste Tristan schnell gefunden haben, denn schon nach kurzer Zeit trat der Heerführer vor den Tisch des Fürsten.

Nachdem Helu dem Heerführer von der drohenden Gefahr berichtet hatte, sprach dieser beruhigend auf seinen Fürsten ein.

"Mein Fürst, würde Rom hinter diesen Plänen stehen, hätten mir meine Spione aus dem Süden längst von Aufmärschen der Römer berichtet. Allerdings halte ich es ebenfalls für gut, sie zu erhöhter Wachsamkeit anzuhalten. Ich teile Airams Meinung, auch ich sehe allein den ehrgeizigen römischen Feldherrn hinter dem Angriffsplan. Würden wir alle Stämme des Nordens zur Hilfe holen, könnten wir die Römer besiegen. Aber was hätten wir gewonnen? Bestenfalls ein wenig Zeit. Die bis dahin ruhige Stimme des Feldherrn erhob sich, seine Überlegungen unterstrich Tristan mit ausladenden Bewegungen seiner Hände. "Rom wird eine Niederlage der Rabenlegion niemals hinnehmen, auch nicht, wenn der Feldherr eigenmächtig und nur zur Förderung seines eigenen Ruhms gehandelt hat. Weitere Legionen werden in unser Land kommen und für unseren Sieg bittere Rache nehmen. Wenn wir also nicht alle im Circus

Maximus enden wollen, müssen wir einen Plan entwickeln, der Maximus eine Niederlage beibringt und uns dabei völlig unschuldig aussehen lässt."

Helu sah seinen Heerführer aufmerksam an. "Circus Maximus, welch eine Ironie. Täusche ich mich oder hast du schon eine Idee?"

Mit einem Lächeln antwortete dieser ihm "Nein, du täuscht dich nicht. Zufällig weilt seit heute Morgen Galahad der Heermeister der Caledonier bei mir. Ich wollte eben mit ihm zu dir kommen, als Airam mich zu dir rief.

Wenn mein Fürst und der Heermeister meinem Plan zustimmen, so glaube ich, können wir die Gefahr einer erneuten Besetzung unseres Landes durch die Römer abwenden. Wenn mein Fürst möchte, werde ich jetzt den Heermeister holen."

Mit einem leichten Kopfnicken erteilte Helu seine Zustimmung.

Schon bald betrat Tristan mit Galahad die Halle des Fürsten.

Der Heermeister war von mächtiger Statur. Das gewellte braune Haar reichte ihm bis zur Schulter hinab. Sein braunes, von Wind und Wetter gezeichnetes Gesicht, offenbarte den Krieger in ihm, der schon viele Kämpfe siegreich bestritten hatte.

Bekleidet war Galahad mit einem hellbraun-karierten Hemd. Seine Hose war ebenfalls aus kariertem Stoff aber im Gegensatz zum Hemd hatte man für sie dunklen Stoff verwendet. Ein brauner Gürtel aus Hirschleder betonte seine schmale Hüfte und seinen breiten Oberkörper. Bewaffnet war der General mit einem römischen Kurzschwert das in einer ebenfalls aus Hirschleder hergestellten Scheide am Gürtel befestigt war.

Sowohl der Fürst als auch der Heermeister lächelten, bevor sie sich herzlich umarmten.

Dann schob Helu, die Hände auf die Schultern des Heermeisters legend, sein Gegenüber ein wenig von sich und sah ihm freundlich ins Gesicht. "Sei mir willkommen Galahad und nimm meine Einladung zum Begrüßungsfest, das ich am heutigen Abend zu deinen Ehren ausrichten werde, an. Ich kann es kaum erwarten von dir Neuigkeiten von unserem Volk im Norden zu bekommen. Zuvor lass mich jedoch der Hoffnung Ausdruck geben, dass mein General recht hat, wenn er sagt, mit dir gemeinsam unser römisches Problem lösen zu können."

Mit wenigen Worten weihte Helu den Heermeister in die Pläne des römischen Feldherrn ein und blickte dann mit gespannter Miene zu Tristan. "Es ist Zeit, uns in deinen Plan einzuweihen."

Detailliert erläuterte Tristan seine Strategie zur Vernichtung der Rabenlegion und Helus gerunzelte Stirn sowie ein sehr skeptischer Blick ließen keinen Zweifel an seiner Missbilligung des Planes seines Heerführers.

"Der Plan könnte gelingen, aber er wird den Göttern nicht gefallen. Mögen sie die Hände über uns halten und uns verzeihen, so dass wir nach unserem Tod nicht als ein Draugo die Anderswelt erleben. Aber ich habe keine Wahl, denn nur so können wir unser Volk retten."

Galahad sah Helu mit ernster Miene an, als er ihm antwortete "Ich bin mir sicher, die Götter werden uns nicht zürnen. Der Plan wird die Menschen zwischen dem Hadrianswall und dem Antoninuswall retten. Aber du weißt: wo Rauch ist, ist auch Feuer. Auch einige Menschen unseres Volkes werden Opfer bringen, womöglich sterben, damit der Plan gelingen kann! Wenn es dir recht ist Helu, werde ich einen Boten zu meinem Fürsten senden, damit er dort alle notwendigen Maßnahmen ergreifen kann." Mit noch immer sorgenvollem Gesicht antwortete Helu "Für die Unterstützung, die unser Volk von den tapferen

Caledoniern erhält, bedanke ich mich bei dir und deinem Fürsten." Mit leicht gesenktem Kopf fuhr er fort "Ich möchte dir nicht zu nahe treten, aber ist uns die Zustimmung deines Fürsten für unseren Plan gewiss?" Galahad lächelte. "Sei unbesorgt Helu, er wird ihm zustimmen." Die Worte des Heermeisters beruhigten Helu nur wenig, allerdings war ihm die Wichtigkeit des Planes bewusst. "Gut Galahad, sende noch heute einen Boten zum Fürsten Tona, um ihn für seine Unterstützung unseres Plans zu gewinnen." Es würde für immer ein Geheimnis bleiben, warum der Bote nie beim Fürsten Tona ankam. Den Kopf nach links drehend und seinen General Tristan entschlossen ansehend, fuhr Helu fort "Schickt auch einen Boten nach Londinium, der Bran seinen Auftrag übermittelt. Ich werde mich jetzt zu Airam begeben und mit ihr Lugus bitten unserem Plan seinen göttlichen Segen zu geben."

Der Überfall

Langsam zog die Hand den Vorhang vom Eingang der Schutzhütte zur Seite. Trotz der Dämmerung konnte Fabius erkennen, wie jemand Kopf und Oberkörper vorsichtig in die Hütte schob. Mit einem ihm geltendem "Salve" sah Fabius einen älteren und einen jüngeren Mann durch den Vorhang treten und auf sein Feuer zugehen. Beide trugen keltische Kleidung, die an vielen Stellen zerrissen und notdürftig zusammengeflickt war. Braunes Haar fiel beiden Männern bis auf die Schulter. Trotz der angespannten Situation dachte Fabius, dass die Haare der Männer schon lange keine Pecten mehr gesehen hatten. War das Äußere der Männer auch schäbig und die Gesichter alles andere als vertrauensvoll anzuschauen, so befand sich ihre Bewaffnung in einem sehr guten Zustand. Die von ihnen mitgeführten Kurzschwerter steckten in kunstvoll verzierten Lederscheiden, die an Ledergürteln befestigt waren. Die zerrissene Kleidung und die gepflegte Bewaffnung ließ Fabius misstrauisch werden; bei den Männern könnte es sich um Wegelagerer handeln, die es auf ahnungslose Reisende und deren Hab und Gut abgesehen haben. Beide Männer hielten in ihrer rechten Hand eine kurze Lanze, was sehr ungewöhnlich für Reisende ist, überlegte Fabius. Ohne Vorwarnung könnte durch ihre geringe Länge diese Waffe, auch in der Enge der Hütte, zum Angriff eingesetzt werden. Fabius bemerkte, dass die Männer das Innere der Hütte kaum betrachteten, sie schienen der Hütte nicht zum ersten Mal einen "Besuch" abzustatten. Langsam standen Fabius und seine Legionäre von den Feuern auf, in Erwartung eines Angriffes hatten sie die Hände um die Schwertgriffe gelegt und gingen mit freundlichen, aber entschlossenen Gesichtern auf die Fremden zu. Den sich im Schatten der Hütte aufhaltenden Taje mit Nao und den drei Legionären bemerkten die Fremden nicht. Mit einer einladenden Handbewegung zum Feuer und einem Lächeln sagte Fabius "Tretet näher, damit ich euch sehen kann; die Hütte wurde für alle in Frieden Reisende gebaut. Setzt euch zu mir ans Feuer und lasst euch von ihm erwärmen. Vorher aber bitte ich euch, eure Lanzen am Feuer meiner Legionäre abzulegen." Im Gegensatz zum angespanntem

Gesicht des Jüngeren, zeigte der Ältere ein breites Lächeln, als er Fabius antwortete "Gerne nehmen wir deine Einladung an, Centurio. Ich verstehe deine Vorsicht, unsere verschmutzte und zerrissene Kleidung weckt kein Vertrauen. Aber dein Misstrauen ist unbegründet, wir sind als Boten unseres Fürsten auf dem Weg zu unserem Volk hinter dem Hadrianswall. Am Mittag wurden wir von keltischen Wegelagerern überfallen. Wir konnten ihnen nach einem heftigen Kampf entkommen, unsere Kleidung hat darunter aber schwer gelitten. Wie du siehst, konnten wir sie nur notdürftig wieder herrichten." Nach diesen Worten begaben sich die Fremden zum Feuer der Legionäre. Fabius verfolgte jeden ihrer Schritte und auch die Legionäre beobachteten sie scharf und argwöhnisch. Für einen kurzen Moment war der Eingang der Hütte unbeobachtet. Die Ablenkung und Täuschung der beiden Kelten war erfolgreich. Mit wildem Kriegsgeschrei drängten sich fünf weitere Bewaffnete in die Hütte, zwei von ihnen stürzten sich sofort auf Fabius. Die zuerst Eingetretenen und zwei weitere griffen die Legionäre an, während einer den Ausgang der Hütte versperrte um eine Flucht der Überfallenen zu verhindern. Lebend sollte von den

Römern niemand hier herauskommen. Obwohl die Gefährten mit einem Angriff gerechnet hatten, kam diese so plötzlich vorgetragene Attacke für sie völlig überraschend. Hätten sie alle an den Feuern gesessen, wären sie wohl verloren gewesen. Nach einer kurzen Schrecksekunde stürzten Taje und die drei Legionäre aus dem Schatten und griffen die Wegelagerer an. Der überraschende Angriff lähmte die Gegner für einen Moment und in Sekundenschnelle fielen die ersten Kelten tödlich getroffen von römischen Klingen, zu Boden. Fabius hatte einen der Wegelagerer mit einem Schwerthieb am Hals niedergestreckt, wurde aber von dem anderen immer weiter zurückgedrängt. Taje war Fabius sofort zu Hilfe geeilt und hieb dem vor ihm stehenden Feind sein Schwert von hinten in den Nacken, so dass dieser, ohne noch einen Laut von sich geben zu können, leblos zusammenbrach. Ein weiterer Kelte hatte sich Fabius zugewandt. Der junge Centurio nutzte einen kurzen Augenblick der Unaufmerksamkeit seines durch Tajes Angriff erschreckten Gegners aus, um diesen mit einem schnellen Schwertstoß zu töten. Ein Blick zur Seite zeigte Taje, dass die Legionäre am anderen Feuer ihre Angreifer niedergeschlagen hatten. Tote Kelten, aber auch ein gefallener Legionär, lagen in einem See von Blut. Der heimtückische Überfall war erfolgreich zurückgeschlagen worden. Der Ältere der Fremden kniete am Boden und presste mit schmerzverzerrtem Gesicht die linke Hand auf seinen rechten Oberarm; zwischen den Fingern tropfte Blut aus einer Wunde. Der Wegelagerer an der Tür und ein weiterer Kelte waren verschwunden. So war der Alte der einzige, noch anwesende Überlebende des von ihm geplanten und für sie so ganz anders ausgegangenen Beutezugs. Das Schwert noch immer in der rechten Hand haltend trat Odius auf den verwundeten Kelten zu und bevor es einer der Gefährten verhindern konnte, schlug der Legionär dem Alten mit der flachen Seite der Schwertklinge auf die Wunde. Man sah es dem alten Räuber an, dass er nur mit Mühe einen Schmerzensschrei verhindern konnte. Noch während der Schmerz durch den Körper des Räubers raste, riss der Legionär die Arme des Gefangenen nach hinten und band die Hände des Räubers mit einem Lederriemen zusammen. Durch das Festzurren des Riemens wurde die Blutzufuhr zu den Händen unterbrochen. Dann trat Odius den noch immer knienden Alten so heftig gegen die Brust, dass dieser seitlich zu Boden stürzte, ein weiterer Tritt in den Rücken gab dem Gefangenen den Rest. Mit einem grausamen und zufriedenen Lächeln sah der alte Legionär erst Nao und dann Fabius an. "Wenn es dir recht ist, gehe ich jetzt die beiden geflohenen Räuber suchen." Nao erschauderte, sie erkannte in Odius Gesicht "Schau genau hin, so gehe ich mit meinen Feinden um und du bist meine Feindin! Warte ab, wie es dir ergeht, wenn du nicht mehr unter römischen Schutz stehst." Durch ein leichtes Nicken erteilte der Centurio dem Legionär die Erlaubnis. Sofort verließ Odius mit zwei Legionären die Hütte, um sich trotz der Dunkelheit der Nacht auf die Suche nach den geflohenen Wegelagerern zu machen. Die anderen Soldaten erhielten die Weisung, die keltischen Waffen einzusammeln, die Toten aus der Hütte zu tragen und den gefallenen Kameraden würdevoll zu bestatten. Die toten Wegelagerer wurden den Tieren des Waldes überlassen. Fabius trat zu dem Gefangenen und riss ihn an seinem Hemd in die Höhe. "Wer hat euch geschickt, uns zu überfallen? Dass ihr zufällig hier seid und römische Soldaten angreift, kann ich nicht glauben. Betrachte ich eure Waffen bezweifle ich, nur räuberisches Pack vor mir zu haben." Mit letzter Kraft höhnisch lächelnd antwortete ihm der Gefangene "Von mir erfährst du römischer Hund nichts." Noch während Fabius wütend in das stolze Gesicht des Gefangenen sah, kam Odius mit den beiden Legionären zurück. Mit der flachen Hand gegen die Schulter des Feindes stieß Fabius den Kelten zurück und wandte sich, jetzt freundlich lächelnd, Odius zu. "Ich dachte mir schon, dass ihr die Entflohenen in der Dunkelheit nicht finden würdet. Also werde ich bei Anbruch der Dämmerung mit Taje, Nao und einem Legionär weiter zum Hadrianswall gehen. Du wirst mit den anderen Legionären die Entflohenen suchen und festnehmen, der Gefangene mag euch dabei behilflich sein. Ich bin überzeugt, dass es dir gelingen wird, den Alten zum Sprechen zu bringen. Die Gefangenen bringst du dann zum Hadrianswall, dort mag der Befehlshaber über ihr Schicksal entscheiden. Ich hoffe sie enden am Kreuz!" Mit einem hämischen Lächeln sah Odius den Gefangenen an und antwortete seinem Centurio "Es wird mir ein Vergnügen sein, deinen Befehl auszuführen. Diesen keltischen Abschaum werden wir schon erwischen." "Davon bin ich überzeugt", antwortete ihm Fabius. Die Nacht verbrachten die Gefährten dann ohne weitere Störungen in der Hütte.

Nur ein immer wiederkehrendes leichtes Stöhnen des verwundeten Gefangenen störte die Ruhe der Nacht.

Nao, Taje und die Römer nahmen früh am Morgen ein Frühstück - bestehend aus in einem Mörser zerkleinerten Knoblauchzehen und verschiedenen Gewürzen, die vermischt in Olivenöl auf ein Fladenbrot gestrichen wurden - zu sich, der Gefangene musste mit leerem Magen zusehen.

Danach brachen Fabius, Nao und Taje mit dem sie begleitenden Legionär zum Dorf Ibensium auf.

Voller Ungeduld sah Odius dem Trupp nach. Als dieser seinen Blicken entschwand, zog er langsam sein Schwert und ging mit unbewegtem Gesicht auf den Gefangenen zu. Dicht vor dem Räuber stehend verzog sich sein Antlitz zu einer bösen Grimasse. "Sicher kannst du dir vorstellen, wie unangenehm der Aufenthalt in diesem feuchten Wald für mich ist, wie schnell ich das angenehme Leben in einer Kaserne am Hadrianswall wieder führen möchte! Du hast meinen Centurio gehört, ich soll deine Freunde festnehmen. Es liegt an dir: verrate mir freiwillig das Versteck deiner Freunde und es wird leichter für dich. "Ohne Vorwarnung schlug er dem Gefangenen die flache Seite seiner Schwertklinge auf die offene Wunde. Höhnisch grinsend sah Odius den Alten an.

"Du kannst auch den schweren Weg gehen – dies war nur ein kleiner Vorgeschmack auf die Schmerzen, die dich erwarten, wenn du mir das Versteck deiner Freunde nicht freiwillig preisgibst." Vor Schmerz stöhnend und leicht vorgebeugt krächzte der Greis mit schwacher Stimme "Niemals werde ich dir verraten, wo sie sich aufhalten." Ein erneuter Schlag auf die Wunde ließ den Räuber in die Knie gehen, nur noch flüsternd kamen die Worte "Ich weiß doch gar nicht, wohin sie geflohen sind", über seine Lippen. Der alte Legionär beugte sich zu dem Gefangenen herab, hob mit der rechten Hand das Kinn seines Gefangenen an und sah ihm kalt lächelnd ins Gesicht. "Du wirst es mir in wenigen Minuten verraten, das verspreche ich dir." Langsam erhob er sich und sagte zu einem der Soldaten "Bitte leere deinen Brotbeutel und gib ihn mir." Die Reste aus seinem Brotbeutel gab der Legionär seinen Kameraden und reichte Odius den Beutel, der damit im Wald verschwand. Bei der gestrigen Ankunft hatte er die Umgebung nach Feinden durchsucht; noch immer ärgerte es den erfahrenen Soldaten, die Kelten nicht ausgemacht zu haben. Vor allem, da er nun davon überzeugt war, dass die Räuber schon bei ihrer Ankunft in der Nähe gewesen sein mussten und so ihr Versteck ganz in der Nähe zu suchen war. Bei seiner Erkundung war er auf einen mächtigen Bau roter Waldameisen gestoßen. Diese Waldbewohner sollten ihm nun helfen, den Gefangenen zum Reden zu bringen. Odius öffnete den Brotbeutel, nahm ein Spaten, den jeder Legionär in seinem Gepäck mit sich trug und füllte einen kleinen Teil des Baus hinein. Dass dabei eine Menge aufgebrachter Ameisen mit in dem Beutel verschwanden, war von dem alten Legionär gewollt. Mit dem so gefüllten Beutel ging Odius zurück zu seinem Gefangenen. Den hatten inzwischen seine Legionäre mit Stricken an einen Baum gebunden. Lächelnd sah er seine Kameraden an. "Das habt ihr sehr gut gemacht. Nun zieht ihm noch einen Schuh aus und schiebt das Hosenbein bis zum Knie hoch." Dann ging er nahe an den Gefangenen heran, öffnete dabei den Beutel und ließ dem Wegelager einen Blick hineinwerfen. "Siehst du was ich dir mitgebracht habe? Das werden deine neuen Freunde die von deinem Fuß kosten werden!" Ohne auf die Antwort des vor Angst zitternden Gefangenen zu warten, kniete der Legionär sich nieder, beugte sich vor und hob den rechten Fuß des Gefangenen an. Langsam steckte er den vor Schmutz starrenden Fuß in den Beutel voller

Ameisen. Mit einem Seil, das die Legionäre noch nicht für die Fesselung des Gefangenen gebraucht hatten, band er die Füße des Gefangenen oberhalb des Beutels an dem Baum fest. So war es dem Räuber nicht möglich, den Beutel von seinem Fuß zu schütteln. Dann stand Odius auf, bog die Schultern straff nach hinten und sah dem Wegelagerer mit zufriedenem Lächeln ins Gesicht. Noch spürte der Gefangene nur kleine Bisse, die ihm auch nicht wirkliche Schmerzen bereiteten, was sich schnell ändern sollte. Die gereizten und ruhelosen Ameisen leisteten ganze Arbeit, der Schmerz wurde immer heftiger. Der Gefangene verzog das Gesicht und schon bald schrie er die anfangs unterdrückten Schmerzensschreie heraus. Mittlerweile hatte ein leichter Regen eingesetzt und da sie sich ihres Gefangenen sicher wähnten, suchten die Römer Schutz in die Hütte. Odius stand im Eingang der Hütte und schaute zu den Wolken."Ich glaube es ist nur ein kurzer Schauer. Es hört sicher gleich auf zu regnen. Bevor unser Freund ohnmächtig wird und uns das Versteck der Räuber nicht mehr mitteilen kann, sollten wir zu ihm zurückgehen." Schon aus der Ferne hörten sie das Wimmern und Stöhnen des Gefangenen. Bei dem Alten angekommen stellte sich

Odius dicht vor ihn und mit einem höhnischen Lächeln fragte er ihn "Was jammerst du so? Es sind doch nur kleine Tierchen die sich an deinem Fuß erfreuen. Wenn sie dir aber lästig sind, brauchst du mir nur sagen wo deine Freunde sich verstecken. Sobald ich das weiß, werde ich dich von den kleinen Biestern befreien." Der Alte war sicher kein Feigling, der unerträgliche Schmerz und das Wissen, gerade seinen Fuß zu verlieren, ließen ihn schwach werden. "Oh ihr Bestien, ihr lasst zu, dass sie meinen Fuß zerbeißen und habt keinerlei Mitleid mit mir, so kann ich nicht anders: geht hinter die Hütte, von dort führt ein Pfad zu einer Ansammlung von kleinen und großen Felsen, die ihr in einer Hora erreicht. Der Pfad ist schlecht zu erkennen, manchmal weisen nur an abgebrochene Zweige darauf hin. Ihr müsst also sehr aufpassen, ihn nicht aus den Augen zu verlieren. Mit einem verzweifelten Lächeln im schmerzverzerrten Gesicht fuhr er fort "Es wäre einfacher, ich würde euch führen." Odius legte den Kopf auf die linke Seite, blickte nachdenklich und schüttelte dann langsam den Kopf. "Nein, nein – du bleibst hier, wir werden den Pfad schon nicht aus den Augen verlieren. Das Versteck ist bei den Felsen?" "Ja, ihr müsst den höchsten Felsen umrunden, auf seiner Rückseite ist ein kleiner schmaler Spalt, der sich im Inneren zu einer Höhle erweitert. Dort ist das Versteck!" Der Principal stellte einen seiner Legionäre als Wache für den Gefangenen ab. Mit dem anderen brach er zum Versteck der Wegelagerer auf. In Erwartung nach dem Verrat des Verstecks von seiner Qual erlöst zu werden, stellte der Gefangene nun mit Schrecken fest, dass niemand Anstalten machte, den Beutel zu entfernen und er geriet in panische Wut. "Ich habe dir das Versteck verraten, warum befreist du mich nicht von den Ameisen, du Drecksack? Du hast es versprochen!" Schnellen Schrittes entfernte sich Odius und ohne sich umzudrehen antwortete er "Ich habe versprochen, dir den Beutel vom Fuß zu nehmen, wenn ich weiß, wo das Versteck ist. Erst wenn ich herausgefunden habe, ob du mir die Wahrheit gesagt hast und ich deine Freunde finde, werde ich dich von den kleinen Biestern befreien." Schon bald war der alte Legionär mit seinen Begleitern im Wald verschwunden. Der alte Wegelagerer hatte nicht gelogen, in der von ihm angegebenen Zeit erreichten sie das Felsmassiv. Hinter einer Ansammlung kleinerer Felsen ragte ein gewaltiger grauer Felsen steil in den Himmel. Dieser war vollkommen glattgeschliffen, es war unmöglich ihn zu besteigen. Aber das wollten die Soldaten auch nicht. Nach einer weiteren hElben Hora erreichten sie die Rückseite des Felsens. Der dicht ans Felsenmassiv heranragende Wald machte es ihnen leicht, im Schutz der Bäume nach dem Eingang der Höhle zu suchen. Es dauerte nicht lange und sie hatten den Spalt gefunden. Von ihrem Standpunkt zum Spalt waren es nur zwanzig Schritte. Leise schlichen sich die zwei Römer zum Felsen. Lautlos drangen sie durch den Spalt in die Höhle ein. Hatte ihnen anfänglich noch durch den Spalt eindringendes Tageslicht den Weg gezeigt, so erhellte jetzt ein Feuer die Höhle. Da vom Feuer kaum Rauch ausging, mussten die Wegelagerer das Feuer mit sehr trockenem Holz unterhalten. Der wenige Rauch zog aus der Höhlendecke nach außen und war am Fuße der Felsen nicht zu sehen. Wie Odius es gehofft hatte, lagen die beiden von ihm gesuchten Männer schlafend am Feuer. Mit wenigen Schritten erreichten die Römer die Schlafenden und bevor diese merkten was ihnen geschah, stürzten sie sich mit gezogenen Schwertern auf die Schlafenden, überwältigten die total verdutzten Männer und fesselten sie. Jetzt hellwach starrten die Räuber die Legionäre entsetzt an. Odius setzte sich süffisant –

freundlich lächelnd zu den am Boden liegenden Gefangenen und griff sich mit beiden Händen an die Schläfen. "Wie kann man so blöd sein, Soldaten Roms zu überfallen. Was habt ihr denn geglaubt, bei uns erbeuten zu können? Gut, die Pferde, einige Silberstücke und die Waffen! Dafür seid ihr ein hohes Risiko eingegangen. Eure Dummheit ist für alle Reisenden eine Freude, ihr werdet niemanden mehr überfallen können. Da wir schon von Beute sprechen, wo ist das von euch Zusammengeraubte?" Das Entsetzen in den Gesichtern der Räuber wich einem gewissen Gleichmut. Auf die Frage des Legionärs antworteten ihm die beiden indem sie ihre Köpfe von ihm abwendeten. "Wie ihr meint, wir suchen die Höhle nach der Beute ab und wenn wir sie nicht finden, gibt es sicher Wege euch zum Sprechen zu bringen." Nach kurzer Suche fanden sie in der Nähe des Ausgangs zehn Beutel, in etwa der Größe ihrer Brotbeutel, gefüllt mit Silberlingen und Goldstücken. Odius verschränkte die Arme auf dem Rücken und schaute hocherfreut auf die ebenfalls dort liegenden aus Gold und Silber hergestellten Ringe, Arm- und Halsbänder. Mit den Wertsachen kehrte Odius zu den Gefangenen zurück. "Ist das alles, was ihr erbeutet habt und hier aufbewahrt?"

Die eben noch Gleichgültigkeit demonstrierenden Gesichter der Wegelagerer zeigten nun Zorn und Hass. Die an sie gestellten Fragen beantworteten sie mit grimmigen Schweigen. Odius sah seinen Kameraden an. "Egal, nehmen wir die beiden und die Beute mit zu ihrem Gefährten. Der wird sicher schon sehnsuchtsvoll auf uns warten." Ohne Zwischenfälle erreichte die Gruppe den Marterplatz des alten Wegelagerers. Der ihn bewachende Legionär hatte sein Schreien und Wimmern nicht mehr hören wollen und ihn mit seinem dreckigen Fußlappen - den sie ihm für die Tortur abgenommen hatten – geknebelt. Mit leeren Augen, verschmutztem Gesicht und einem erschlafften Körper hing er gefesselt an dem Baum; die erlösende Ohnmacht hatte sich trotz der Schmerzen jedoch noch nicht eingestellt. Odius trat nahe an den Gefangenen heran. Dabei hob er mit seiner Hand den auf die Brust gesunkenen Kopf des Gemarterten. "Schau mich an, du Barbar! Du hast mich nicht belogen und dank deiner Hilfe habe ich deine Freunde und auch eure Beute gefunden. Jetzt kannst du sehen, dass ich ein Mann von Ehre bin – ich werde dich von den kleinen Biestern befreien, wie ich es versprochen habe." Mit gespieltem Mitleid fuhr er fort "Du wirst verstehen, dass ich jetzt deine Freunde bestrafen muss. Du hast sicher Lust, mir dabei zuzusehen." Der Geknebelte konnte nur mit den Augen rollen und sein eben noch vor Schmerzen verzerrtes Gesicht, war nur noch eine Maske des Hasses. Zu seinen Soldaten sagte der alte Legionär "Bindet ihn los und fesselt ihn mit den Seilen, die wir aus ihrer Höhle mitgenommen haben, an einen Baum in der Nähe des Ameisenhaufens. Dann bringt seine Freunde auch dorthin. In der unmittelbaren Nähe des Haufens grabt ihr ein Loch und steckt die beiden bis zum Hals hinein. Dann schüttet ihr das Loch wieder zu, so dass nur noch ihre Köpfe aus dem Loch ragen. Wenn ihr das gemacht habt, holt ihr mich. Ich werde inzwischen die Beute begutachten und unter uns aufteilen. Ich denke damit seid ihr einverstanden." Zweifelnd sah ihn einer der Legionäre an. "Wir sollen doch die Gefangenen zum Befehlshaber des Hadrianswalls bringen. Deine Worte lassen vermuten, dass du sie töten willst." Der alte Legionär lächelte ihn an. "Selbstverständlich könnten wir den Befehl ausführen, müssten dann aber auf die Beute verzichten. Wenn wir sie zum Befehlshaber bringen, werden sie im Verhör sagen, dass wir die Beute haben oder glaubst du, der

Befehlshaber wird sie nicht nach ihrer bisher gemachten Beute aus den Raubzügen befragen?" Langsam strich er mit der Hand über seine Wange, neigte den Kopf leicht nach links und sah seinem Gegenüber mit einem unschuldigen Augenaufschlag an. "Also sollen wir den Befehl ausführen und die Beute beim Befehlshaber abgeben oder ihm sagen, dass die versuchte Flucht der Gefangenen leider mit ihrem Tod endete? Ihren Raub können wir dann unter uns aufteilen!" Die Legionäre wechselten einen kurzen Blick, einer zuckte mit den Schultern und sie packten die sich heftig aber nutzlos sträubenden Gefangenen, führten wortlos die Befehle des Odius aus. Der alte Legionär ging derweil zur Hütte und teilte die Beute gerecht auf. Gerne hätte er für sich etwas mehr genommen, aber Odius wusste, wie er die Soldaten an sich binden konnte: durch Loyalität und Ehrlichkeit. Wenn der Feldzug gegen die Kelten erfolgreich verlief, und davon ging er aus, würden ihm die treu ergebenen Legionäre ein Vielfaches von der jetzigen Beute einbringen. Er hatte die Aufteilung eben beendet, als ein Legionär ihm den Vollzug seines Befehls überbrachte. Erhobenen Hauptes ging er auf die Eingegrabenen zu, kniete nieder und schaute auf die aus der Erde ragenden

Köpfe hinab. "Ich habe euch schon gesagt, dass ihr niemals mehr einen Reisenden überfallen werdet. Dafür sorgen schon diese kleinen Tierchen hier." Mit der Hand strich er leicht über den Boden und entfernte das Erdreich, indem er beide Hände aneinander rieb. "Das habe ich doch versprochen und mein Versprechen halte ich immer!" Sich erhebend, sagte er mit einem spöttischen Unterton zu seinen Soldaten "Knebelt sie. Wenn wir diesen Ort verlassen haben, sollen zufällig Vorbeikommende nicht von ihren Schreien belästigt werden oder sie womöglich finden und befreien. Es reicht, wenn die Ameisen durch die Nasen- und Ohrlöcher ihr Inneres erreichen." Dann schritt er, Sieger vom Scheitel bis zur Sohle, zum wieder an einem Baum gebundenen alten Räuber und sah ihm ins Gesicht. Aus den zuvor noch toten Augen blickte jetzt der blanke Horror. "Ich habe dir versprochen, dass ich dich von den kleinen Biestern befreie, wenn du ehrlich zu mir bist. Du hast Wort gehalten und so werde auch ich mein Wort halten." Der alte Legionär zog sein Schwert und mit einem kräftigen Hieb trennte er den Fuß des Wegelagerers vom Bein. Ein kräftiger Blutstrom schoss aus dem Stumpf zu Boden und innerhalb kürzester Zeit war der Erdboden von Blut durchtränkt. Der Schlag war geschickt geführt worden, nur wenige Blutspritzer besudelten die Rüstung des Odius. Die schon erlittenen Schmerzen und der Schock der Amputation hatten den alten Räuber in eine sofortige gnädige Ohnmacht getaucht. Der Blutverlust des Alten und die Ameisen würden für den Tod der letzten Wegelagerer sorgen.

Nachdem Odius jedem Soldaten seinen Anteil von der Beute der Räuber ausgezahlt hatte, verließen die Römer diesen Ort des Grauens und marschierten zum Hadrianswall.

Die Geiseln

Mit einem festen Händedruck und sorgenvoller Miene verabschiedeten sich die Eltern Naos, Una und Glenn, von ihrem Dorfältesten, dem etwas behäbigen Owen. Die Römer waren beritten und ließen ihre vermeintlichen Gäste zur Festung des Maximus laufen, was deutlich den wahren Grund für den Besuch der beiden Alten auf dem Kastell zeigte. Beiden war bewusst, dass er sie als Druckmittel gegen Nao benutzen würde. Marcus ritt dem Zug voran und an dessen Ende hatten zwei berittene Legionäre die Eltern Naos in ihre Mitte genommen. Als sie außer Sichtweite des Dorfs Burensia waren, stoppte Marcus mit nach oben gestrecktem Arm den Zug und ritt auf die beiden Alten zu. Mit einem heftigen Riss am Zügel brachte er sein Pferd zum Stehen. Mit verächtlicher und grimmiger Miene blickte er zu ihnen herab. "Das geht mir zu langsam, so kommen wir erst morgen im Kastell an. Lauft schneller!" Natürlich wusste der Centurio, dass die beiden in ihrem Alter nicht mehr schneller laufen konnten. Es machte ihm aber großen Spaß, alle, die nach seiner Auffassung Barbaren waren, zu quälen.

Die Eltern Naos, stellten für ihn keine Ausnahme dar. Gwen faltete die Hände. Mit müden Augen sah er den Centurio bittend an. "Verzeih uns Centurio wenn wir dich aufhalten. Wir sind alt und können einfach mit den Pferden nicht Schritt halten." „Unsinn!", schimpfte der Römer. "Ihr seid aufgrund eures Alters von den Dorfbewohnern und eurer Tochter verwöhnt worden. Ich will mal sehen, wie schnell ihr uns folgen könnt." Mit kaltem Blick sah er seine Soldaten an und forderte diese auf "Bindet sie an eure Sättel, dann wollen wir unseren Pferden ein wenig Auslauf geben." Mit einem Seil an die Pferde gebunden, mussten die beiden den in leichten Trab laufenden Pferden folgen. Mehr stolpernd als laufend hatten sie etwa ein Stadium durchgehalten, als zuerst Una und kurz darauf Gwen nicht mehr Schritt halten konnten und zu Boden stürzten. Die alten Leute hinter sich schleifend, ritten die Römer noch eine halbe Stadie weiter, bis Marcus den Trupp anhielt und wieder zu Gwen und Ule ritt. "Wir haben noch zwei Meilen bis zum Kastell, bis dahin werden wir abwechselnd eine viertel Meile im Schritt reiten und dann eine viertel Meile im leichten Trab. Wenn wir dann im Kastell sind, seid ihr im Laufen so geübt, dass ihr an den Wettkämpfen der Legionäre teilnehmen könnt." Laut lachend wendete er sein Pferd setzte sich an die Spitze des Zuges der dem Kastell entgegen ritt. Die Hoffnung auf Gnade zerschlug sich schnell, die Alten wurden getrieben wie Tiere. In ihrer Angst und dem Versuch mitzuhalten sahen sie den hämischen Gesichtsausdruck des Marcus nicht. Den zerschundenen Gefangenen kam es wie eine Ewigkeit vor, als sie endlich das Kastell erreichten. Der Centurio hielt mit seinen völlig erschöpften und aus vielen Wunden blutenden Gefangenen vor der Tür eines rechteckigen Gebäudes. Nur an der Vorderfront des zweistöckigen, aus Stein errichteten Hauses gab es Fenster, die ausnahmslos mit Eisenstäben vergittert waren. Die Rückseite und die Seiten des Hauses waren fensterlos. Der hintere Teil des Gebäudes bildete einen Teil der Kastellmauer. Noch ahnten die beiden Alten nicht, wie wertvoll dieser Umstand einmal für sie werden sollte. Das Dach bestand aus schweren Holzplanken, die mit Stroh abgedeckt waren. Die Vorderfront war etwa zehn Passus lang und bis zur Rückfront mochten es etwa fünf sein. Einlass ins Gebäude erhielt man durch eine schwere Eichentür, die etwa ein Passus breit und nicht ganz zwei hoch war. Noch immer vor der Tür haltend, zog Marcus sein Schwert aus der Scheide und klopfte mit dem Knauf heftig gegen das Portal. Lange musste der Centurio nicht warten, bis die Tür sich öffnete. In ihr stand ein wahrer Hüne, dem auf den ersten Blick der Germane anzusehen war. Der Mann war sicher etwas mehr als eine Ulna groß und sehr breitschulterig. Das blondgelockte Haar des Mannes reichte ihm bis auf die Schulter. Jung war er nicht mehr und vielleicht hatten nicht nur das viele Met und Berge von Fleisch, sondern auch das Alter dafür gesorgt, dass ein stattlicher Bauch den Germanen zierte. Seine Kleidung bestand, wie bei den Kelten, aus kariertem Stoff, die in ihrer besseren Zeit mal grauweiß ausgesehen hatte. Welcher Tätigkeit der Mann in diesem Haus auch nachging, böse konnte er nicht sein. Aus seinen klaren freundlichen Augen sah er die furchtbar misshandelten Gefangenen an. Der Ausdruck im Gesicht des Hünen änderte sich in pure Verachtung, als sein Blick Marcus und seine Legionäre traf. Dann öffnete er seinen Mund, in dem zwar kein Zahn zu fehlen schien, aber bei einigen hatte sich die Farbe von weiß über gelb in schwarz verändert. Der Hüne musste wohl öfter unter Zahnschmerzen leiden.

"Wen bringst du mir da Centurio? So wie deine

Gefangenen aussehen, müssen sie sich trotz ihres Alters bei der Festnahme gewaltig gewehrt haben. Ich danke den Göttern, dass ihr und eure tapferen Soldaten in diesem Kampf ohne Verletzungen geblieben seid." Marcus tat, als ob er den Hohn des Hünen nicht bemerkt hatte und antwortete "Ich bringe dir zwei Gäste des Maximus und rate dir, schön auf sie aufzupassen. Es würde deinen Kopf kosten, wenn es den beiden einfiele, dein gastliches Haus ohne Erlaubnis des Legaten zu verlassen und in die Welt hinaus zu gehen." Mit einem traurigen Blick, den nur die beiden Alten sahen, antwortete ihm der Riese "Was haben die Gäste des Maximus getan, dass sie gefesselt sind und so bedauernswert aussehen." Marcus lachte. "Sie haben die falsche Tochter und jetzt mach die Tür frei, ich will sie in ihre Zellen, ach was rede ich, ich meine Gästezimmer bringen." Der Hüne versperrte dem eintretenden Centurio den Weg. "Das ist mein Gefängnis und es obliegt mir sie in ihre Zellen zu bringen. Du hast deine Pflicht mehr als genug getan." Der Centurio hatte keine Lust, sich mit dem Hünen anzulegen so sagte er "Dann nimm sie und denke an den Rat, den ich dir gegeben habe." Mit einem zarten Handgriff, den man dem Koloss nicht zugetraut hätte, führte der Riese die beiden ins Innere des Gebäudes. Durch einen langen Flur, in dem links und rechts Gittertüren eingelassen waren, durch die man in dunkle Räume sah, kamen sie zu einer Holztür am Ende des Ganges. Der Riese öffnete die Tür und führte die Geiseln in einen Raum, der durch Fenster vom Tageslicht durchflutet war. Bis auf einen Eichentisch, der wohl in der Länge zwei und in der Breite einen Schritt maß und zwei Stühle war der Raum nicht möbliert. Wenn nötig, wurde in der Nacht das Zimmer durch vier Fackeln erleuchtet, die in Halterungen an den Seitenwänden angebracht waren. Im Zimmer ließ der Riese die Hände der beiden los und setzte sich auf den Tisch. Mit einer einladenden Handbewegung lud er seine Gefangenen ein, sich auf die beiden Stühle niederzulassen. Freundlich lächelnd sah er die Alten an. "Mein Name ist Herkules, ich weiß, das klingt lächerlich, aber auf Grund meiner Größe und Stärke nennen mich die Römer nun einmal so. Bleiben wir also bei dem Namen. Wie ihr leicht erkennen könnt, bin ich kein Römer, sondern, wie die Römer uns nennen, Germane. Ich bin hier der oberste Aufseher des Gefängnisses und da mir die Römer nie sagen, warum sie jemanden hier einliefern, habe ich es mir zur Gewohnheit gemacht, die Gefangenen zu fragen. Ich zwinge aber niemanden zu antworten. Wie ist es, möchtet ihr mir eure Geschichte erzählen?" Schon am Eingang hatten Naos Eltern tiefes Vertrauen zu Herkules empfunden und so erzählte Glen dem Aufseher seine Geschichte. Am Ende stand der Aufseher vom Tisch auf und legte dem alten Mann eine Hand auf die Schulter. "Ich kenne eure Tochter, sie ist ein braves und - wie ich aus eurer Geschichte gehört habe - auch ein mutiges Mädchen. So lange ihr hier bei mir seid, wird euch nichts geschehen. Ihr werdet eine große Zelle mit neuem Stroh und ausreichend zu essen und trinken bekommen. Ich werde die Zelle jetzt vorbereiten. Eine Aufseherin wird euch gleich frisches Wasser zum Waschen und Reinigen der Wunden bringen." Herkules ging auf die Tür zu, drehte sich noch einmal um, sah die Greise lächelnd an. "Irgendwo wird sich sicher auch noch bessere Kleidung für euch finden lassen. Wenn alles bereit ist, bringe ich euch dann in eure Zelle. Habt keine Angst, ihr ward so ehrlich mir mitzuteilen, dass ein Bote eures Dorfältesten dem Fürsten Helu über eure Gefangenahme berichten soll. Aber hütet euch: das solltet ihr niemand anderem erzählen. Die Römer würden euch sonst in

einem geheimen Versteck unterbringen, und der
Fürst wird euch nicht mehr helfen können."

Noch während Herkules seinen Ratschlag den Eltern
Naos gab, machte sich der Bote Owens von Burensia
auf, dem Fürsten Helu über die Geiselhaft der Eltern
Naos zu berichten.

Die Gesandte des Maximus

Um nicht noch einmal im Wald übernachten zu müssen, trieb Fabius seine Gruppe immer wieder zur Eile an, sie mussten unbedingt bis zur Dämmerung den Hadrianswall erreichen, um in einer der dortigen Wachstuben zu übernachten. Keinesfalls wollte er die Gesandte des Maximus noch eine Nacht den Gefahren der Wildnis aussetzen. Taje und Nao hatten sich inzwischen zu recht passablen Reitern entwickelt und konnten dem Centurio leicht folgen. Für die römischen Legionäre war es ungleich schwerer. Sie ächzten unter der Last ihrer schweren Ausrüstung und konnten nur mühsam dem Marschtempo Schritt halten. So dankten sie ihren Göttern, als sie endlich den Hadrianswall erreichten. Dort wollte die Gruppe übernachten und am Morgen nach Ibensium zum Fürsten Helu weiterziehen. Da die Römer auf beiden Seiten des Walls freies Gelände geschaffen hatten, konnte die Gruppe die Befestigung schon von weitem sehen. Auf Nao, die bisher noch nie in die Nähe der Mauer gekommen war, machte die Befestigungslage bereits aus weiter Ferne einen gewaltigen Eindruck. Sie ließ den Blick von rechts nach links über den Horizont schweifen. Hatte sie geglaubt, dass sie dabei ein Ende des Walls sehen würde, so sah sie sich getäuscht. In weiten Abständen erlaubten Wege, die durch Wachtürme gesichert wurden den Durchlass zur jeweils anderen Seite. Als sie unmittelbar vor dem Wall stand, konnte sie nicht umhin, die Leistung ihrer Besatzer beim Bau der Befestigungsanlage zu bewundern. Sie sah eine Mauer, die etwa drei pertica hoch war. Die Breite der Mauer betrug sicher an die drei gradus. Den Durchlass zur anderen Seite gewährte ein Tor, das in ein zweigeschossiges Gebäude führte. Der untere Teil des Gebäudes erlaubte die Verbindung zur jeweils anderen Seite, während der obere Teil als Wachraum diente. Ein Blick aus den Fenstern der oberen Etage, ermöglichte den Legionären nach allen Seiten einen freien Blick in das weite strauch- und baumlose Umfeld. Freund oder Feind auf dem Weg zum Wall waren so schon früh auszumachen. Der Legionär Patricivs, der mit seinen Kameraden im Wachlokal an einem Holztisch beim Würfeln saß, bemerkte den ankommenden Fabius und seine Begleiter als Erster. Die Ankunft der Fremden gab ihm die Möglichkeit, ohne sich erklären zu müssen, vom Tisch aufzustehen und das für ihn bisher so glücklose Spiel zu beenden. Es hätte nicht mehr lange gedauert und der Sold des letzten Monats wäre in die Gelbeutel seiner Kameraden gewandert.

Seinen Speer ergreifend, den er wie seine Kameraden in einer hölzernen Halterung an der Eingangstür aufbewahrte, begab er sich eine steinerne Treppe hinunter zum Tor des Wachturms. Da seine Kameraden sahen, dass die Ankommenden in der Mehrzahl Legionäre waren und daher ein Überfall nicht zu erwarten war, unterbrachen sie ihr Spiel nicht. Am Tor angekommen hatte Patricivs noch Zeit, sein Aussehen zu überprüfen. Vorschriftsgemäß zupfte er seine Tunika und den Harnisch zurecht und bot den Ankommenden das Bild eines beispielhaften Soldaten. Auf den Zustand der Waffen musste er nicht achten, an denen hing sein Leben und so befanden sie sich immer in einem guten Zustand. Bald konnte Patricivs die Ankömmlinge deutlich erkennen und bereute seine Flucht vor dem Spiel. Denn das ein Centurio eine Gruppe Legionäre mit Zivilisten anführte, behagte ihm überhaupt nicht. Die Offiziere spielten sich immer dann besonders auf, wenn sie Zivilisten ihre Macht demonstrieren konnten, wobei sich die Jüngeren unter ihnen dabei besonders hervortaten.

So ruhte sein Blick auf die immer näherkommende Gruppe und als sie ihn fast erreicht hatten entfuhr ihm "Auch das noch, ein schönes Mädchen und ein ganz junger Offizier, das kann ja heiter werden." Patricivs hatte sich in die Mitte des Tores gestellt, die in seiner rechten Hand haltende Lanze auf den Boden abgesetzt und seitlich vom Körper schräg abgespreizt. So versperrte er den Ankommenden den Durchlass zur anderen Seite des Walls. Fabius ritt so nahe an den Legionär heran, dass der Kopf seines Pferdes nur um einer Armlänge vom Gesicht Patricivs entfernt war. Fabius war zwar noch jung, aber er kannte schon die Marotten der Legionäre und wusste um die Meinung des Erfahrenen über ihn, den unreifen Offizier. Eine Weile sahen sich der Offizier und der Legionär mit ernster Miene an, bevor Patricivs den Centurio fragte "Wohin?" Mit einem freundlichen Lächeln antwortete ihm der Centurio "Dahin!" Patricivs bemerkte schnell, dass der Centurio sich einen Spaß mit ihm machen wollte. Gut - den sollte er haben. Mit einem übertrieben, freundlichen Lächeln im Gesicht entgegnete er "Da seid ihr hier falsch, nach "Dahin" geht es dort lang." Mit seinem nach rechts gewandten Kopf und einem leichten Nicken zeigte er dem Centurio die Richtung an. Nun musste es sich zeigen, ob der Offizier einen Spaß verstand. Fabius benötigte einen kurzen Augenblick bis er seine Verblüffung über die Antwort des Legionärs überwunden hatte, aber dann lachte er laut auf. "Gut gekontert, Soldat. Wie ist dein Name?" Immer noch mit ernster Miene antwortete ihm der Soldat "Mein Name ist Patricivs und wenn du mit deiner Gruppe durch dieses Tor möchtest, musst du mir schon sagen, was ihr bei den Barbaren wollt." Das Lächeln aus dem Gesicht des Centurios verschwand, als er dem Legionär antwortete "Ich weiß nicht, ob die Menschen drüben Barbaren sind. Meine Begleiter", dabei zeigte er auf Nao und Taje "gehören dem Volk jenseits des Walls an, und sie sind keinesfalls Barbaren. Wir sind Boten des Feldherrn Maximus und auf dem Weg nach Venicones zu Helu, dem Fürsten der Kelten. Da wir die Stadt heute nicht mehr erreichen und nicht in der Wildnis übernachten wollen, werden wir bei euch in der Wachstube die Nacht verbringen." Erst jetzt nahm Patricivs die Lanze locker in die Hand, ging zur Seite und sagte "Nach Venicones müsst ihr nicht, der Fürst der Barbaren", diesen Seitenhieb konnte der Legionär sich nicht verkneifen, "ist zurzeit in Ibensium, den Ort könnt ihr in einer Stunde erreichen. Dort ist es für euch sicher gemütlicher als in unserer Wachstube." Fabius hob die Hand und gab so den anderen das Zeichen weiterzureiten, dabei antwortete er "Das glaube ich auch, und ich bin mir sicher, dass die Barbaren höflicher sind als die ach so zivilisierten Legionäre." Eine Zeitlang sah Patricivs der Gruppe um Fabius noch nach. Eigentlich ein netter Offizier, trotzdem war es besser sie weiterreiten zu sehen. Mit der Gemütlichkeit wäre es vorbei gewesen, hätten sie hier übernachtet. Auch hätte ich mein verlorenes Geld nicht zurückholen können, mit ihnen als Gäste wäre das Würfelspiel zu Ende gewesen. Mit einem letzten Blick zu den Boten des Maximus, wandte er sich um und stieg die Stufen zur Wachstube hoch, entschlossen, das Spiel zu seinen Gunsten zu wenden. Schon dicht hinter dem Hadrianswall hatten die Römer einen tiefen Graben ausgeworfen. In ruhigen Zeiten ermöglichten hinter den Wachtürmen Zugbrücken den Übergang über den Graben, bei Gefahr wurden die Brücken hochgezogen. Nachdem Fabius mit seiner Gruppe über so einer Brücke den Graben überquert hatte, kamen sie durch eine baumlose, hügelige Ebene, bevor sie durch einen schmalen, dichten Wald das Dorf Ibensium erreichen würden. Auch ohne den ortskundigen Taje hätten sie das Dorf nicht verfehlen können. Von der Brücke führte ein von Fußgängern, Reitern und Viehzügen festgetretener Weg über die Ebene durch den Wald zum Dorf. Sie hatten etwa die Hälfte des Weges vom Hadrianswall zum Wald zurückgelegt, als sie hinter sich einen Reiter bemerkten. Fabius hielt die Gruppe an und wartete auf den Reiter. Sie befanden sich nicht mehr in von Römern beherrschtem Gebiet. Da war es für ihn wichtig zu wissen, wen man in seiner Nähe hatte. Mit gerunzelter Stirn beobachtete der Centurio wie der Reiter sein Pferd vom Trab in Schritt gehen ließ. Direkt vor ihnen zügelte der Fremde sein Pferd. Merkwürdig, dachte Fabius, ein einzelner Kelte zu Pferd, es könnte sich um einen Boten handeln. Der Fremde war nicht mehr jung, er dürfte sicherlich schon vierzig Sommer erlebt haben. Gekleidet war er in typischer keltischer Tracht, sein Gesicht war vom Wetter gebräunt und tiefe Falten durchzogen die Stirn. Trotz des Alters besaß er strahlend blaue Augen und trug sein blondes Haar wie viele Kelten bis zur Schulter. Sein Gesichtsausdruck war offen und Fabius erkannte in ihm keinerlei Tücke. Bewaffnet war der Kelte nur mit einem Messer, welches in einer schlichten Lederscheide steckte, die an einem Gürtel, den er um seine Jacke gebunden hatte, befestigt war. Fabius bemerkte, wie der Reiter ihn beobachtete und versuchte, ihn einzuordnen. Die Reaktion der hinter ihm haltenden Nao bei der Ankunft des Reiters war ihm ebenso entgangen wie das kurze Hochziehen der Augenbrauen und das leichte Schütteln des Kopfes des Ankömmlings. Mit einem "Salve" begrüßten sich Fabius und der Fremde. "Was machen Römer in unserem Land? Wie Kundschafter oder Römer auf Beutezug seht ihr nicht aus. Da ihr die Richtung nach Ibensium eingeschlagen habt und die zwei von meinem Volk die mit euch reiten nicht gebunden sind, nehme ich an, ihr kommt in friedlicher Absicht. Oder täusche ich mich Centurio?" Fabius lächelte den Kelten an. "Du bist mutig oder ist es Leichtsinn, uns so eine Frage zu stellen? Wären wir feindlich, so hätte dir längst ein Speer eines meiner Legionäre die Antwort gegeben. Aber sei unbesorgt, ich begleite mit meinen Männern den Boten des Helu und Nao, die Botin des Maximus zu Helu deinem Fürsten. Ich sehe dein Weg führt auch nach Ibensium. Wirst du uns begleiten?" Mit einem Kopfschütteln antwortete ihm der Fremde "Danke für die Einladung, aber ich war von meiner Familie lange getrennt und möchte daher schnell zu ihr zurück. Ich habe meinen Vetter in Londinium besucht. Vielleicht kennst du ihn, es ist Bran der Hufschmied." "Leider nein", antwortete ihm Fabius. „Als ich in dieses Land kam, war ich nur einen Tag in Londinium. Ich habe mir aber fest vorgenommen die Stadt während meines nächsten Urlaubs zu besuchen." Der Fremde lächelte. "Ein guter Vorsatz, es lohnt sich Londinium zu besuchen." Dann verabschiedete sich der Reiter mit einem "Vale" und ritt im leichten Trab weiter Richtung Ibensium. Als der Kelte sicher war, außerhalb der Sichtweite des Centurios und seiner Gruppe zu sein, trieb er sein Pferd zur Eile an. Das war knapp, ging es ihm durch den Sinn und er bewunderte Nao für ihre gute und schnelle Reaktion. Was wäre wohl geschehen, wenn der Centurio durch Nao erfahren hätte, dass er ein Bewohner von Burensia ist oder einer der Legionäre ihn als solchen erkannt hätte. Er wusste ja nicht, dass Fabius und seine Begleiter keine Ahnung von den Geschehnissen in Burensia hatten. Nun musste er sich aber beeilen, dass er noch vor der Ankunft der Römer mit ihren Boten, dem Fürsten über die Geschehnisse in Burensia berichten konnte. Der Bote wurde sogleich zu Helu vorgelassen. Ohne ihm seine Gefühle durch Zeichen in seiner Körpersprache zu offenbaren, hörte sich der Fürst die Geschehnisse in Burensia an. Mit einem freundlichen Lächeln und der Beteuerung, sich um die Gefangenen zu kümmern, entließ er ihn.

Nachdem der Bote den Saal verlassen hatte, ließ er Airam und Tristan zu sich kommen. In kurzen Worten berichtete er den beiden von den Geschehnissen südlich des Hadrianswalls. Helu hatte seine beiden Berater von den Ereignissen in Burensia eben in Kenntnis gesetzt, als ihm die Ankunft der Botin des Maximus gemeldet wurde. Weder Helu noch Airam oder Tristan erhoben sich von ihren Stühlen, als Nao mit Taje und Fabius in den Beratungssaal des Fürsten eintraten. Nao und der junge Römer spürten, wie die Blicke der drei Kelten auf ihnen ruhten und versuchten, sie einzuschätzen. Helu empfand sofort freundliche Gefühle für die zwei jungen Leute. Nachdem Nao dem Fürsten den Vorschlag des Maximus unterbreitet hatte, lächelte dieser das Mädchen freundlich an. "Ich habe gehört, wie tapfer du gegen Legionäre gekämpft hast. Umso mehr wundere ich mich, dass du als Botin der Römer bei mir erscheinst. Kann es sein, dass du von den Römern zu dieser Mission gezwungen wurdest? Wenn dem so ist, kannst du mir das ruhig sagen, du stehst unter meinem Schutz und musst die Römer nicht fürchten." Nao die ebenso wenig wie Fabius und Taje Kenntnis von den Geschehnissen in ihrem Dorf hatte, antwortete dem Fürsten „Nein mein Fürst, ich habe keinen Streit mit den Römern. Die Auseinandersetzung betraf nur ein paar Legionäre, hatte aber mit Rom nichts zu tun. Die Bitte des Maximus ihm als Botin zu dienen habe ich zum Wohle unseres Volkes übernommen." Während die Berater des Fürsten durch nichts verrieten, was sie vom Vorschlag des Legatus der Rabenlegion hielten, antwortete ihr der Fürst mit einem freundlichen Lächeln "Ich werde den Vorschlag des Legatus prüfen und dir meine Entscheidung mitteilen." Dann rief er die vor der Tür stehende Wache herein. „Sorge dafür, dass es unseren Gästen an nichts fehlt und teile ihnen die besten Unterkünfte für ihren Aufenthalt zu." Als auch Taje den Saal verlassen wollte, hielt der Fürst ihn auf. "Taje, bitte bleibe noch ein wenig." Fassungslos erfuhr der Enkel des Fürsten von den Geschehnissen in Burensia und den Plänen des Maximus. Besorgt sah Helu Taje an. „Kannst du für die Ehrlichkeit des Centurios und der Nao garantieren?" „Ja mein Fürst, die beiden sind ohne Falsch. Anders sieht es mit dem Unterführer

110

der uns begleitenden Legionäre aus, dieser ist äußerst brutal und ich glaube, er hasst uns Kelten und besonders Nao. Er würde alles tun, uns oder Nao zu schaden." Der Fürst nickte und mit ernstem Gesicht wandte er sich den Anwesenden zu. "Der Unterführer wird uns mit seiner kleinen Gruppe nicht gefährlich. In drei Tagen werden wir Nao und dem Centurio unser Einverständnis zum Vorschlag des Legaten mitteilen. Dabei werden wir nachdrücklich auf das Verbot, die Standarte der Rabenlegion in unserem Land zu tragen und unsere Vettern aus Burensia aus der Sklaverei zu entlassen,bestehen. Da ich wünsche, dass die Botin des Maximus die Sitten und die Lebensweise der Kelten nördlich des Hadrianswall kennenlernen soll, werden wir Nao durch den Centurio bei Maximus entschuldigen. So hat der Römer keinen Zugriff auf sie. Der Centurio übernimmt damit die Aufgabe, unsere Entscheidung dem Maximus mitzuteilen. Ihre Eltern werden wir durch Bran und seine Gruppe, die auf dem Weg zu uns sind, befreien lassen. Von einem Boten Brans habe ich erfahren, dass es bei den Römern keinerlei Anzeichen für einen Feldzug gibt. Ich gehe davon aus, dass die Eroberung unseres Landes durch die Römer allein der Plan des Maximus ist. So beginnen wir drei Tage nachdem die Römer unter Mithilfe ihrer Sklaven aus Burensia und wie ich hoffe, unter dem Banner der Rabenlegion angefangen haben Holz zu schlagen, mit dem Plan zur Vernichtung des Legaten. Bitte lasst mich jetzt allein."

Besorgt lehnte sich der Fürst in seinem Stuhl zurück, den Blick zur Decke gewandt hoffte er inständig, Airam behielte recht und der Legat würde seine Weisung an die Römer, die Standarte nicht in das Land der Kelten zu tragen und die Versklavung der Bewohner aus Burensia zu beenden, als das ansehen, was es war: eine Provokation, die der Legat nicht hinnehmen konnte. Ihr ganzer Plan hing davon ab, dass die Standarte in das Land der Kelten getragen wurde und die Versklavung weiterging.

Das Nao, die von Taje über die Situation ihrer Eltern und das Angebot des Fürsten informiert wurde, später seinen Schutz ablehnen würde überraschte Helu und bestärkte ihn in seiner Einschätzung was für eine tapfere Frau Nao doch ist.

In Knechtschaft

In Burensia berichtet der Bote dem Dorfältesten
Owen von seinem Zusammentreffen mit dem Fürsten
Helu. Owen war sehr erfreut, als er hörte, dass Bran
und Gefährten auf ihrem Weg nach Ibensium hier im
Dorf halten sollten und Bran als Anführer bei der
Befreiungsaktion von Naos Eltern bestimmt war.
Damit Bran auch von seinem Auftrag erfuhr,
schickte er den Boten dem Schmied entgegen.
Sodann begann Owen, passende Dorfbewohner
auszusuchen, die den Römern bei der Erweiterung
des Kastells behilflich sein sollten. Lange hatte
Owen mit seinem Gewissen gerungen: sollte er die
Ausgewählten in die Sklaverei begleiten? Sein Herz
schrie laut ja, er sollte sich ihnen anschließen und ihr
Leid teilen; sein Verstand warnte ihn davor. Hier im
Dorf, unbeobachtet von den Römern und mit Hilfe
des Fürsten Helu, hatte er mehr Möglichkeiten
seinen Leuten zu helfen. Letztendlich war die
Entscheidung gefallen, als er erfuhr, wie es Naos
Eltern auf ihrem Weg zum Kastell ergangen war.

Derselbe Offizier, der die beiden alten Leute so schlecht und schändlich behandelt hatte, sollte auch der Befehlshaber bei den Arbeiten im Wald sein. Nur zu gut konnte er sich vorstellen, was die Dorfbewohner hinter dem Hadrianswall erwartete. Nein! Er musste im Dorf bleiben, nur in Freiheit konnte er mit Hilfe der Kelten im Norden das Los seiner Leute bei der Fronarbeit erleichtern. Das aber würde ihm nur gelingen, wenn er von den Römern möglichst unbeachtet bliebe.

Den Zeigefinger der rechten Hand vor den geschlossenen Mund haltend und mit sorgenvoller Miene sah er lange den Abziehenden nach. Erst nachdem der Letzte seinen Blicken entzogen war, begab er sich mit einem Seufzer in seine Hütte, um dort sehnlichst die Ankunft Brans zu erwarten.

Als die Sonne ihren höchsten Punkt am Himmel erreichte, kamen die Bewohner Burensias am Kastell an. Dort wurden sie bereits vom Befehlshaber der ersten Zenturie Marcus und seinen achtzig Legionären erwartet. Wie wichtig dem Legaten Maximus die Aufgabe der Erweiterung und Befestigung des Kastells war, erkannten die Kelten daran, dass er einer Zenturie seiner ersten Kohorte, lediglich aus Spezialisten und den tapfersten Legionären bestehend, diese Aufgabe übertrug. So nah am Kastell reichte eine Zenturie zur Beaufsichtigung und Bewachung der Dorfbewohner aus. Hinter dem Hadrianswall war eher mit flüchtenden Arbeitern und Angriffen feindlicher Stämme zu rechnen. So beschloss Maximus, dorthin die vollständige erste Kohorte zum Schutz der Arbeiten zu entsenden. Der Befehlshaber dieser Einheit war vor zwei Tagen nach Rom zurückberufen worden. Bis aus Rom ein neuer Befehlshaber ernannt wurde, würde er Marcus die Führung der Kohorte übergeben. Der Centurio stand hoch in seinem Ansehen; er war tapfer, brutal und hatte genau die gleiche schlechte Meinung über die Kelten wie er. Sollte Marcus sich bewähren, würde er seinen ganzen Einfluss geltend machen, den Centurio zum neuen Befehlshaber der ersten Kohorte ernennen zu lassen. Damit wäre Marcus der angesehenste Tribun in seiner Legion und ihm für immer zu Dank verpflichtet.

Marcus war sich dessen sehr wohl bewusst und da für ihn alle Nichtrömer Sklaven Roms waren, fiel es ihm nicht schwer, die Erwartungen des Legaten zu erfüllen. Das spürten die ankommenden Bewohner Burensias sofort. Bereits vor der Ankunft der Dorfbewohner, hatten römische Pioniere rund um das Kastell mit Holzstäben, ein drei gradus breites Feld für einen von den Dorfbewohnern auszuhebenden Graben abgesteckt. Der Graben würde etwa eine Länge von viertausend römischen Fuß haben. Nach Ankunft der Dorfbewohner am Kastell teilten die Pioniere sie in Gruppen von zehn Personen ein. Diese setzten die Pioniere so ein, dass sie immer einzelne Teilstücke des zehn Fuß tiefen Grabens aushoben. Nach unten lief der Graben V-förmig zu und wurde am Boden mit dicht aneinander stehenden angespitzten Holzpfählen versehen. Zum Erreichen der zwei Tore des Kastells war für jedes eine Zugbrücke über den Graben geplant. Zur Aushebung des Grabens wurden die Arbeiter mit einer Ligo zum Auflockern und einer Pala zum Ausheben des Erdreichs ausgestattet. Eine Pause nach dem langen Marsch zum Kastell war den Dorfbewohnern nicht vergönnt. Mit Lanzenstößen trieben die Legionäre die Dörfler sofort nach ihrer Ankunft zu den ihnen zugeteilten Abschnitten. Die Männer lockerten das Erdreich auf und füllten es dann in Körbe, die von den Frauen des

Dorfs die nicht dringend für die Ernte benötigt wurden, im Vorland des Kastells ausgeschüttet wurden. Die Alten und Jüngsten ebneten die Erdhaufen ein und stampften sie mit ihren Füssen fest. Erst nach Einbruch der Dämmerung wurden die Arbeiten durch den Architectus eingestellt und die Geschundenen sanken schwer atmend und mit zitternden Gliedern an ihren Arbeitsplätzen zu Boden. Hausklaven der Römer brachten ihnen irdene Gefäße, diese waren zum Löschen des Dursts mit Wasser und zum Stillen des Hungers mit Getreidebrei gefüllt. Die Art der Ernährung änderte sich auch in den nächsten Tagen nicht. Unterkünfte standen für die Dorfbewohner nicht zur Verfügung. Sie mussten im Freien schlafen und waren so der Kälte und dem Wetter schutzlos ausgeliefert. Über die Behandlung seiner Arbeiter hatte sich der Architectus schon mehrfach beim Centurio beschwert. Nicht, dass er von Mitleid und Güte getrieben war, vielmehr befürchtete er, die Arbeitsleistung der Dorfbewohner könnte nachlassen.

Am dritten Tag war es soweit. Die Kräfte der Fronarbeiter schwanden, die Arbeit ging immer langsamer vonstatten.

Genau darauf hatte Marcus gewartet; nun konnte er dem Legaten zeigen, ob er fähig war seinen Auftrag zu erfüllen.

Ganz bewusst hatte der Centurio den Kelten die nachlassende Arbeitsleistung durchgehen lassen. Seine Legionäre berichteten von der Hoffnung der Dorfbewohner, die Römer würden das Arbeitssoll herabsetzen, um die Arbeitskraft der Kelten zu erhalten. Umso erschreckender war es für sie, als sie noch in der Dunkelheit des frühen Morgens mit Lanzenstößen und Peitschenhieben von ihren Schlafstätten hochgetrieben, von den Legionären eingekreist und zum Zelt des Marcus geführt wurden. Im Schein der von den Römern angezündeten Fackeln sahen sie Marcus mit seinen Offizieren aus dem Zelt des Befehlshabers heraustreten.

Lässig setzte der Centurio seinen Helm auf und mit einer ausladenden Armbewegung sorgte er für Ruhe. Zeigte sein Gesicht bisher keine Regung, änderte sich das, als er den Mund zum Sprechen öffnete. Mit einem Ausdruck voller Bedauern hörten die Versammelten ihn sagen "Meine lieben Freunde, leider habe ich gestern feststellen müssen, dass einige von euch nicht erkennen wollen, wie wichtig und vor allem wie eilig die Arbeiten zur Erweiterung der Festungsanlage sind. Vom Architectus wurden mir die Arbeitsverweigerer benannt. Mit großem Bedauern musste ich feststellen, dass es nicht einige wenige, sondern fünfzig an der Zahl sind. Einer meiner Offiziere wird nun die Namen der Meuterer aufrufen und sie dann zu einem bereits fertiggestellten Teilstück des Grabens führen." Niemand der Dorfbewohner ahnte, was geschehen sollte, als die fünfzig von den Legionären am Rande des Grabens aufgereiht wurden. Mit dem Gesicht dem Graben zugewandt, sahen sie tief unten die angespitzten Holzpfähle. Mit suchendem Blick sah der Centurio die Dorfbewohner an, zeigte dann mit ausgestrecktem Zeigefinger auf einen der Anwesenden. "Du da, mir scheint, du bist der Älteste, nenne mir eine Zahl zwischen eins bis zehn!" Plötzlich durchschaute der Alte den Plan des Römers. Mit ernstem Gesicht rief er dem Centurio „Zehn!" zu. Wütend erkannte Marcus das der alte Kelte ihn überlistet hatte. Mit der Zehn konnte der Alte zwar nicht das Urteil aufheben, es aber - wenn man das so sagen kann – abmildern. Wütend und beschämt angesichts der Entlarvung seines Planes verfinsterte sich die Miene des Römers und er schrie mit sich überschlagender Stimme einem Legionär zu: „Vollstreck das Urteil!" Der Legionär trat zum erstem in der Reihe stehenden Delinquenten, rief laut die Zahl: „Eins!" und begann bei zehn mit der Dezimation.

Der Schmied und der Bote des Owen

Dank Helu hatte Bran nun eine auf dem Sterbebett liegende Oma in Ibensium. Dem Fürsten war nichts Besseres eingefallen, um für Bran bei den Römern ein paar Tage Urlaub herauszuschlagen. So ein alter Hut! Oma auf dem Sterbebett - Bran wunderte sich, dass die Römer sich darauf eingelassen und ihn tatsächlich für ein paar Tage von seinen Pflichten entbunden hatten.

Aber es bestätigte seine Meinung über die Römer: hervorragende Krieger und Architekten hatten sie in ihren Reihen, aber sonst nur wirres Zeug im Kopf. Kein normaler Mensch würde Löwen in einem Circus gegen Menschen kämpfen lassen. "Oder Hammer, was sagst du dazu?" Diesen Gedanken nachhängend streichelte er mit abwesendem Blick den Hals seines Hengstes.

Das treue Pferd genoss die Zärtlichkeit des Reiters. Es reckte den Kopf in die Höhe und stieß dabei ein lautes freudiges Wiehern aus.

Bran lächelte. "Ja mein Treuer, genieße es. Außer dir habe ich niemanden in dieser Einöde, mit dem ich mich unterhalten könnte. Nur du, mein einziger

Begleiter auf meiner Reise durch die Einsamkeit, hörst mir zu." Der für Brans Schmiede zuständige römische Verwaltungsbeamte hatte zwar ihm, aber nicht wie von Bran und dem Fürsten Helu erhofft, seinen Gesellen Urlaub genehmigt. So dumm war der Römer nun auch wieder nicht. Grinsend hatte der Römer ihm die Bitte mit der Bemerkung "Wenn deine Oma im Sterben liegt, müssen deine Gesellen wohl nicht an ihrer Seite sein" abgeschlagen. Der etwas plumpe Versuch Reisebegleitung zu erhalten war gründlich gescheitert und er fragte sich, ob seine Klugheit sich langsam dem römischen Niveau anpasste. So ritt er nun einsam und verlassen durch Britannien. Langsam änderte sich die Landschaft durch die er ritt. Der felsige, kahle Boden wechselte über in eine fast baumlose Grasebene. Angelegte Äcker die sein Blick Richtung Westen streiften, ließen ihn hoffen bald ein Dorf zu erreichen. Bereits vor einiger Zeit hatte er weit im Westen einzelne dunkle Wolken gesehen. Mittlerweile hatten diese sich zu einer tiefschwarzen Front zusammengezogen. Sorgenvoll suchten seine Augen nach einer Stelle, die ihm und seinem Pferd einen sicheren Schutz vor dem nahenden Unwetter bieten würde, sah in der baumlosen Einöde jedoch keine.

Einen kurzen Augenblick dachte er daran, seine Richtung von Norden nach Süden zu ändern, um dem Unwetter zu entfliehen. Den Gedanken gab er auf, zu schnell kam die Unwetterfront auf ihn zu, ein Entkommen war nicht mehr möglich. Bran spornte sein treues Pferd zur Eile an und behielt seine Richtung zum Dorf Burensia bei. Tief über den Hals seines Pferdes geneigt, jagte er über die Gras- und Ackerlandschaft. Immer wieder den Kopf leicht anhebend, suchten seine Augen die Umgebung nach einer schützenden Stelle ab. Als er die Hoffnung schon fast aufgegeben hatte und wieder einmal seine Augen über die Landschaft huschen ließ, atmete er erleichtert auf. In einiger Entfernung erkannte er den Rand eines Waldes. Ein Blick zu den Wolken ließ ihn hoffen den Wald zu erreichen, bevor das Unwetter über ihm zusammenbrach.

Weiter tief über den Hals seines treuen Pferdes gebeugt, jagte er nun dem Wald entgegen. Er hatte den Rand des Waldes fast erreicht, als ihn die ersten Regentropfen und Windböen des Sturms trafen. Nach einigen Metern fand er Schutz unter dem Dach einer gewaltigen Eiche. Aus dem Sattel seines Pferdes springend landete er mit beiden Füssen weich auf dem Moosboden des Waldes. Dann streifte er die Zügel über den Kopf des Pferdes und streichelte dabei dessen Hals. "Mein Bester, hier sollten wir vor dem Unwetter geschützt sein. Hoffen wir, dass es nicht von Taranis dem Donnergott geschickt wurde, dann können wir nicht unter diesem Baum bleiben. Ich habe keine Lust, vom glühenden Speer des Gottes getroffen zu werden. "Ich auch nicht!", hörte er plötzlich eine Stimme in seinem Rücken. Mit einer Bewegung, die das Auge kaum erkennen konnte und die sicher niemand dem großen, schweren Mann zugetraut hätte, zog Bran sein Schwert aus der Scheide und drehte sich blitzschnell dem Sprecher zu.

Was er sah, ließ ihn beruhigt sein Schwert wieder in die Schwertscheide stecken. Auf einem gescheckten Pferd sitzend, sah er einen kleinen, schon älteren Mann in typischer keltischer Kleidung der ihn lächelnd ansah. Bewaffnet war der Reiter nur mit einem kurzen Messer, dass in einer Lederscheide, die an einem über den Rock geschnallten Gürtel befestigt war, steckte. Mit erstaunlicher Behändigkeit sprang der Alte aus dem Sattel seines Pferdes und ging mit ausgestreckter Hand auf Bran zu. "Ich bin Brent, Bote des Owen. Wenn ich mich nicht täusche, bist du Bran, der Schmied aus Londinium." "Woher weißt du wer ich bin? Ich kann mich nicht erinnern, dass wir uns schon einmal getroffen haben?" Trotz seines Alters hatte der Alte eine glatte Haut und die sich jetzt auf der Stirn ausbreitende Lachfalte zeichnete sich umso deutlicher ab. "Nein Bran, leider sind wir uns noch nicht begegnet, aber Owen hat mir eine genaue Beschreibung von dir und deinem gewaltigen Pferd gegeben. Du siehst, ich bin kein Zauberer der hellsehen kann, sondern nur ein einfacher Krieger." Bran hatte sich bei den Worten des Brent wieder seinem Pferd zugewandt und streichelte den Hals des unruhigen Tieres um ihm die Angst vor dem Unwetter zu nehmen. Dem Schecken des Boten schien das Unwetter nichts auszumachen. Das Pferd stand mit herabgelassenen Zügeln neben seinem Reiter und zeigte keinerlei Unruhe. "Ich denke, wir sollten das Unwetter hier abwarten und dann in euer Dorf reiten. Owen will mich sicher bald sehen." Brent sah dem Schmied fest ins Gesicht als er ihm antwortete: „Das ist nicht nötig. Owen geht davon aus, dass du mit deinen Gefährten die Gefangenen befreist und sie gleich hinter den Hadrianswall zu Helu in Sicherheit bringst. Ich werde euch dabei helfen. Wo ich grade deine Gefährten erwähnte wo sind sie eigentlich?" Mit ernster Miene sah der Schmied den Boten an. "Welche Gefangenen?" Überrascht antwortete ihm der Alte "Ich dachte du wärst informiert." Dann berichtete er von der Gefangennahme der Eltern Naos und den Plan sie zu befreien. Als er seinen Bericht beendet hatte, sah er wie der Schmied aus Londinium seinen Kopf schüttelte. "Auf die Unterstützung meiner Gefährten werden wir verzichten müssen. Sie haben keinen Urlaub von den Römern erhalten. Ich hoffe, du bist ein tapferer Mann, denn die Befreiung werden wir allein durchführen müssen." Mit gerunzelter Stirn sah Brent den Schmied an. "Auf mich kannst du dich verlassen. Wir zwei werden aber wohl kaum einen nächtlichen Überraschungsangriff auf das Gefängnis starten können. Jetzt muss uns eine List weiterhelfen und ich weiß auch schon wie wir vorgehen werden." Brans Miene nahm einen erleichterten Ausdruck an. Er hatte befürchtet, dass der Bote ihn wegen des Fehlens seiner Gefährten Vorwürfe machen würde, obwohl er von der Befreiung zweier Gefangener aus römischer Haft keinerlei Kenntnisse gehabt hatte. Dass Brent es aber so leicht nahm und auch noch die Führung des Unternehmens an sich zog, befreite ihn von einer großen Last. Mittlerweile hatte sich das

Unwetter über den Beiden entladen. Der Gott des Donners hatte nur zweimal seine Stimme erhoben und keinen seiner gefährlichen Feuerspeere zur Erde gesandt. Die Eiche, unter der die beiden Kelten Schutz gesucht hatten, bot keinen vollständigen Schutz vor dem Regen und als das Unwetter der aufgehenden Sonne wich, waren ihre Kleider durchnässt und hingen schwer an ihren Körpern. Bran sah zuerst an sich, dann an dem Boten herunter und zuckte mit den Schultern. „Es wird sicher schwer werden, mit dem feuchten Holz ein Feuer zu entfachen, aber wir sollten es versuchen, um unsere Kleider zu trocknen. So holen wir uns nur eine schwere Erkältung." Bran sollte recht behalten, es war mühsam ein Feuer zu entfachen, aber schließlich gelang es ihnen doch und nach einigen Stunden waren ihre Kleider getrocknet und sie beschlossen ihren Weg fortzusetzen. Es tat ihnen leid das mühsam entfachte, wärmende Feuer zu verlassen. Die Zügel über die Köpfe der Pferde streifend schwangen sie sich in die Sättel und machten sich auf, um das Kastell noch vor Beginn der Dunkelheit zu erreichen.

Tiefe Sorgen

Jedes Jahr spürte Airam ihr fortschreitendes Alter
mehr. Es fiel der Zauberin immer schwerer, die zur
Heilung von Krankheiten und Verletzungen
benötigten Heilkräuter in den Wäldern und Wiesen
am Rande ihres Dorfes zu finden und zu sammeln.
Das Pflücken der Bodenpflanzen verursachte ihr
unerträgliche Schmerzen und auch ihre Füße trugen
sie nicht mehr so leicht und so weit. Im Laufe der
Zeit hatte sie zwar gelernt, welchen Boden die
verschiedenen Kräuter bevorzugten, aber die Natur
war launisch: immer wieder wechselten die Pflanzen
ihren Standort und die Zauberin musste die
Entschwundenen mühsam suchen. Es war wie ein
Versteckspiel zwischen ihr und der Natur. Die an
Bäumen wachsenden heilenden Blüten und Blätter
erreichte Airam auch nicht mehr problemlos und so
stand sie seufzend vor einem Birkenbaum, zuckte
leicht mit den Schultern bevor sie begann, die Rinde
vom Baum zu schälen. Entschlossen setzte sie ihr
Messer an, bot alle Kraft auf, hatte sie doch erst

heute Morgen bei Elain Rötungen an den Unterarmen bemerkt und wusste, wie wichtig ihre Kräuter waren. Mit einem Sud aus Birkenrinde hoffte die Zauberin, die befallenen Stellen heilen und eine Ausbreitung verhindern zu können.

Sie hatte die Kleine schon lange in ihr Herz geschlossen.

Sobald die tägliche Hausarbeit erledigt und Elain von ihrer Mutter Jenna entlassen wurde, lief sie zu Airam und schaute ihr wissbegierig bei der Herstellung der Tinkturen zu. Besonders aufregend war für sie, bei der Behandlung erkrankter Dorfbewohner zusehen zu dürfen. Leichtere Medikamente durfte Elain unter ihrer Aufsicht eigenhändig herstellen. Die Zauberin würde sie gerne zu ihrer Nachfolgerin ausbilden. Das junge Mädchen war begeistert, wäre gerne in die Lehre gegangen und in Airams Fußstapfen getreten. Allerdings müsste sie dann bei der Zauberin wohnen und dort ihre Zeit verbringen. Es wäre ihr dann unmöglich der Mutter bei der Bewirtschaftung des kleinen Hofes zu helfen. So war es unwahrscheinlich, die Zustimmung der Mutter zu erhalten, auch stellte sich hin und wieder ein schlechtes Gewissen ein bei dem Gedanken, die Mutter mit all der Arbeit alleine zu lassen.

Airam hing ihren Gedanken nach und plötzlich fiel ihr auf, dass sie viel zu viel Rinde vom Birkenbaum geschält hatte.

Ächzend nahm sie etwas Moos und feuchte Erde vom Waldboden auf und schmierte, dabei eine Entschuldigung murmelnd, diese auf die Wunde der Birke. Airam hatte die Wunde des Baums eben versorgt, als ein Flattern in ihrem Rücken sie umblicken ließ. Die Zauberin sah, wie ein schwarzer Schatten nah an ihrem Kopf vorbeiflog und sich dann in Höhe ihres Kopfes auf einem Ast der Birke niederließ. "Musst du mich immer erschrecken indem du so plötzlich auftauchst? Warum lässt du bei deiner Ankunft nicht deine ach so schöne Gesangsstimme hören? Dann weiß ich schon von Ferne, dass du angeflogen kommst. Das ist mir deutlich angenehmer, als wenn nur dein Flügelschlag deine Ankunft ankündigt." Der schwarze Vogel neigte seinen Kopf zur Seite und sah mit seinen dunklen Augen die Zauberin gleichgültig an. Airam spürte sehr wohl, was der Vogel von ihrem Vorschlag hielt: Nichts! Aber ihr Freund sollte ruhig ein schlechtes Gewissen bekommen. Ihren Unmut untermalte sie damit, dass sie nicht, wie sonst, ihre Hand ausstreckte, um ihn zu streicheln. Mit gespielt unfreundlicher Stimme giftete die Zauberin den Vogel an. "Was für eine Botschaft bringt mir mein gefiederter Spion?" Der Rabe schien ihre Frage nicht gehört zu haben, er drehte den Kopf und putzte mit seinem Schnabel sein Gefieder. Dabei ließ er sich lange Zeit, jede einzelne Feder des rechten Flügels wurde penibel gereinigt. Als er den Flügel für sauber genug hielt, drehte er seinen Kopf zur anderen Seite und begann mit der Reinigung des linken Flügels. Nur schwer konnte Airam ein Lächeln unterdrücken. "Gut, sollte ich dich verärgert haben, bitte ich um Entschuldigung. Ich wäre dir dankbar, wenn du dein Reinigungsritual jetzt für kurze Zeit unterbrechen könntest und mir Neuigkeiten von der anderen Seite der Mauer berichten würdest." Seinen Kopf wieder der Zauberin zuwendend berichtete der Vogel von dem Leid der Bewohner aus Burensia. Als Airam von der Dezimation erfuhr, schlossen sich ihre Augen und ein tiefer Seufzer entrann ihrer Brust. Nachdem der Vogel seinen Bericht beendet hatte, öffneten sich ihre leidvollen Augen und sie sah voller Kummer ihren gefiederten Freund an. Dabei war ihr, als sähe sie auch in den Augen des Vogels eine tiefe Trauer. Sie trat näher an ihren Freund heran und mit der rechten Hand streichelte sie sein Gefieder. "Bitte mein Freund fliege zurück zu unseren gefangenen Gefährten. Sollte ihnen weiteres Leid geschehen, komme wieder und berichte mir. Ich gehe jetzt zu Helu, um ihm vom Elend der Dorfbewohner zu berichten." Als sie die Hand von ihrem Freund nahm schien es wie ein geheimes Zeichen, der Rabe erhob sich in die Luft und flog Richtung Hadrianswall. Schon bald konnte Airam seine Umrisse nicht mehr am wolkenlosen Himmel sehen. Airam bückte sich, die rechte Hand in den Rücken gedrückt und und mit der Linken stöhnend den auf dem Waldboden stehenden Korb mit der Birkenrinde und den gesammelten Kräutern aufhebend. Trotz ihrer schmerzenden Glieder ging die Zauberin mit eiligen Schritten zurück nach Ibensium. Im Dorf angekommen suchte sie ihre Hütte auf, trat umständlich ein und stellte den Korb auf einem riesigen Holztisch ab. Der Tisch nahm fast die gesamte Mitte ihrer Hütte ein und war mit den verschiedensten Kräutern und Blättern des Waldes bedeckt. Beim Hinausgehen schaute sie nochmals zum Kräutertisch. „"Ich fürchte, die Zeit des Friedens ist vorbei. Wenn ich vom Fürsten zurück bin muss ich prüfen, ob ich genügend Pflanzen für die Herstellung heilender und schmerzstillender Medizin habe". Das Gesicht, ledrig braun und faltig, zeigte nun tiefe Sorgenfalten. "Jenna muss einsehen, dass Elain mir helfen muss, sie muss ihr erlauben, bei mir zu leben. Allein schaffe ich es nicht". Tief durchatmend verließ sie die Hütte und begab sich eiligst zu Helu.

Auf ihrem Weg zum Fürsten traf Airam diesen bei der Schmiede des Dorfes an. Der Fürst begutachtete kritisch die vom Schmied und seinen Gehilfen hergestellten Waffen. Mit einem zufriedenen Lächeln blickte er den Schmied über eine zweischneidige Schwertklinge an. "Ich hoffe die Römer bemerken nicht, dass wir im tiefsten Frieden so viele Waffen herstellen." Der Schmied, dessen mit Brandnarben übersäter muskulöser Körper nur durch eine lederne Schürze vor der Hitze, den Funken des Feuers und den Schmiedearbeiten nur unzureichend geschützt wurde, lächelte schelmisch, als er seinem Fürsten erwiderte "Keine Sorge mein Fürst, sobald Fremde unser Dorf betreten, wird aus unserer Waffenschmiede eine Schmiede für Erntegeräte. Allerdings weiß ich nicht, wie wir bis zum Eintreffen unserer Leute von der anderen Seite des Meeres die benötigte Anzahl Waffen fertiggestellt bekommen sollen. Wir sind einfach zu wenig Schmiede." Helu hatte während ihres Gesprächs die Schwertklinge abgelegt und einen Schmiedehammer in die Hand genommen. Mit entspanntem Gesichtsausdruck blickte er vom Hammer auf und sah den Schmied an. „Mach dir darüber keine Sorgen. Schon bald erwarte ich Bran mit seinen Gesellen in unserem Dorf. Sie werden dir behilflich sein." Unterdessen war Airam an Helus Seite getreten, die dem Gespräch aufmerksam zugehört hatte. Sie berührte den Unterarm des Fürsten und zog so seine Aufmerksamkeit auf sich. "Ich habe soeben Nachrichten von meinem gefiederten Freund erhalten, Bran kommt alleine. Die Römer haben seinen Gesellen keinen Urlaub gegeben. Aber das ist noch nicht alles, aus Burensia brachte er noch schlechtere Nachrichten mit." Dem Schmied mit einem leichten Lächeln zunickend verließ sie die Schmiede. Helu sah seinen Schmied an, strich mit dem linken Zeigefinger über seine Stirn. "Die Hilfe des Bran sollte bei der Herstellung der Waffen ausreichen, mach dir also keine Sorgen." Noch immer den Schmiedehammer in der Hand haltend, wollte er die Werkstatt verlassen. "Mein Fürst, wenn du jetzt aber auch noch die Anzahl an brauchbarem Werkzeug verminderst, sehe ich nicht mehr, dass wir rechtzeitig fertig werden. Es sei denn, du kehrst gleich zurück um uns zu helfen." Den Hammer in der rechten Hand wiegend kam Helu zurück. Dabei schaute er seinen Schmied mit gespielt ernstem Gesicht an. "Ich glaube nicht, dass du und die Krieger das wirklich wollen. Ich zumindest möchte keinem Römer mit einer von mir hergestellten Klinge gegenübertreten." Andächtig legte Helu den Hammer auf einen Amboss und folgte seiner Zauberin nach draußen.

Airam hatte sich nicht weit von der Schmiede entfernt, auf dem freien Platz zwischen der Schmiede und der Schänke des Dorfes wartete sie auf Helu. Mittlerweile hatten Wolken die noch vor wenigen Augenblicken vom klaren Firmament scheinende Sonne verdeckt. Augenblicklich wurde es kühler und ein frischer Wind vom nahen Meer zog über das Land. Den Blick vom wolkenverhangenen Himmel zur Schmiede schweifen lassend sah sie den Fürsten auf sich zukommen. Als Helu auf sie zutrat, schaute auch er zum Himmel. Man merkte der Stimme des Fürsten die Enttäuschung über den Wetterumschwung an. "Da habe ich mich so auf einen sonnigen Tag gefreut und jetzt das. Komm Airam, lass uns in die Schänke gehen. Dort kannst du mir ja bei einem Getränk von den neuesten Nachrichten des Lugus Boten berichten." Die Zauberin schüttelte ihren Kopf und sah Helu mit ernster Miene an. "Ich bin sicher die Nachrichten sollten von keinem Dritten gehört werden. Es ist mir lieber, wir gehen zu mir, dort sind wir vor Lauschern sicher." "Airam, Airam wieso bringst du mir in letzter Zeit immer schlechte Nachrichten? Zumindest nehme ich an, dass die jetzigen welche sind, da du so ein Geheimnis aus ihnen machst." Erstaunt blickte die Zauberin in das Gesicht des Fürsten. "Nicht ich bringe die schlechten Nachrichten, es ist unser Gott Lugus, der sie uns durch seinen gefiederten Boten überbringt. Ich bin nur die Übersetzerin der göttlichen Worte." Trotz der dunklen Ahnung, die den Fürsten bei den Worten der Zauberin beschlich, lächelte er sie an. "Bitte entschuldige, ich wollte dich nicht kränken, Airam. Dann berührte er ihren Arm. "So lass uns dann zu dir gehen, damit ich die Worte des Gottes höre." Ihren Kopf leicht schüttelnd antwortete sie ihm "Ich glaube nicht, dass dir seine Worte gefallen werden."

Die Hütte der Zauberin besaß nur kleine Fenster, die es dem Tageslicht erlaubten, das Innere der Hütte mit ein wenig Licht zu erhellen. Die vorbeiziehenden Regenwolken verdunkelten den Himmel und so lag das Innere der Hütte beim Eintritt der Zauberin und des Fürsten in einem fahlen Licht. Airam ging zu einem der niedrig brennenden Herdfeuer. Dem Feuer entnahm sie einen kleinen brennenden Holzscheit. Mit diesem begab sie sich zu einem Tischchen unter einem der kleinen Fenster. Auf ihm stand eine dreiflammige aus Ton gefertigte, Öllampe. Mit dem kleinen Kienspan entzündete sie das Licht und begab sich mit der Lampe zu Helu, der an ihrem Kräutertisch auf sie wartete. Mit der freien linken Hand schob sie einige Kräuter vom Rand des Tisches zu dessen Mitte und stellte auf der nun freien Fläche die Lampe ab. Hell wurde es in der Hütte durch die Öllampe nicht, aber es war den beiden nun möglich, sich anzusehen. Ihre Blicke über den Kräutertisch schweifen lassend, saßen sie sich auf den aus Birkenholz hergestellten Stühlen eine Weile schweigend gegenüber. Nach einiger Zeit löste der Fürst den Blick vom Kräutertisch und sah Airam fragend an. "Ich fürchte, es hat einen Grund, dass du so viele Kräuter gesammelt hast!" Geschickt hatte der Fürst so das Gespräch begonnen, verbarg er damit doch seine Neugierde auf die Nachricht des gefiederten Boten. Die weise Airam erkannte die rhetorische List, aber sie wusste auch um den Stand des Fürsten, der es ihm nicht erlaubte, direkt nach der Botschaft zu fragen. Er war der Fürst, und es war an dem Boten, als erster über die Botschaft zu sprechen. So schaute Airam zu den Kräutern und mit schwerer Stimme antwortete sie dem Fürsten „"Ja, ich habe einen Grund. Nach der Botschaft meines Freundes glaube ich, dass die vielen Kräuter, die hier auf dem Tisch liegen, nicht einmal ausreichen werden."

Dann begann sie dem Fürsten die Botschaft des Raben mitzuteilen.

Es war nicht ihre Art, dem Fürsten Vorschläge für sein weiteres Vorgehen zu machen, in diesem Fall machte sie eine Ausnahme. „Damit nicht noch mehr von unseren Landsleuten getötet werden, sollten wir unsere Krieger zur Befreiung der Ärmsten zum Kastell entsenden."

Der Fürst erhob sich von seinem Hocker, legte Airam sanft eine Hand auf die Schulter und sah sie an. Die Zauberin wandte sich um und erschrak, als sie den Fürsten anschaute. Die aufrechte Haltung des

Fürsten war verschwunden und im Gesicht des Gebeugten sah sie Trauer und Leid. "Airam, ich wollte, es wäre so einfach. Wenn die Krieger unseres Stammes die Römer angreifen, geben wir dem Legaten einen Grund unser Land zu besetzen. Nein, wir müssen warten, bis die Krieger unseres Volkes von jenseits des Meeres bei uns eintreffen. Erst dann können wir unseren Plan umsetzen und den Legaten vernichten. Bis dahin müssen unsere Landsleute aus Burensia die Fronarbeiten bei den Römern ertragen. Ich weiß, es wird noch so manches Opfer fordern". Mit einem tiefen Seufzer fuhr der Fürst fort „Aber wir müssen es bringen." Die Zauberin sah ihren Fürsten verzweifelt an. " Der Bote hatte noch eine schlechte Nachricht: Unsere Vettern kommen nicht. Sie sind selbst in Kämpfe mit ihren Nachbarn verwickelt. Vielleicht kann ich dir helfen, willst du mir nicht von dem Plan erzählen?" Diese Nachricht traf den Fürsten heftig. In SEkunden hatten sich alle seine Hoffnungen verflogen. Aber bald hatte der Fürst sich von den schlechten Nachrichten des Boten und vom Wissen, dass er seinen Landsleuten im Augenblick nicht helfen konnte, erholt und so antwortete er Airam, nun wieder aufrechtstehend und mit fester Stimme "Es ist besser, du kennst ihn nicht;

er würde dich nicht mehr ruhig schlafen lassen. Ich weiß auch nicht, ob er sich ohne die Hilfe unserer Vettern überhaupt ausführen lässt." Dann begab sich Helu zum Ausgang der Hütte. Dort angekommen drehte er sich nochmals zu Airam um und mit völlig entspanntem Gesicht sagte er zu ihr "Ich denke, du solltest noch mehr Heilkräuter sammeln; wir werden sie benötigen. Elain kann dir helfen und vielleicht solltest du sie dauerhaft als deine Gehilfin beschäftigen. Wir werden bald zwei Heiler gut gebrauchen können." Mit diesen Worten verließ Helu die Hütte der Zauberin, nicht ahnend wie richtig es gewesen war, die Zauberin nicht in den Plan einzuweihen. Auf seinem Weg zurück zur Schmiede dachte er – Ich hoffe sie nimmt sich meine Worte zu Herzen und bereitet viele Heiltränke und WundsElben vor. Es wird viele blutende Wunden und zerschlagene Knochen geben. Es soll auch für die Soldaten Roms reichen, denn für jeden Gefangenen bekommen wir Lösegeld oder wir können Geiseln austauschen. Wenn wir denn die Kämpfe überleben. Auch wenn unsere Vettern uns nicht beistehen können, verhindern können wir sie nicht mehr, dafür ist es zu spät.

Die Befreiung

Im Kastell der Rabenlegion hatten sich inzwischen
Bran und Brent mit dem Wächter des Verlieses, dem
Hünen Herkules, angefreundet. Die beiden Kelten
hatten die Bekanntschaft mit dem Germanen
schneller gemacht, als sie gehofft hatten. Trotz seiner
riesigen Gestalt konnte Herkules Alkohol nicht
vertragen, selbst geringe Mengen hauten ihn
regelrecht um. Das Wissen darum hielt ihn jedoch
nicht davon ab, in der nahen Taverne, in der auch
viele Reisende und Legionäre einkehrten, beim Wein
Ablenkung zu suchen, die Geschehnisse in seinem
Gefängnis zu vergessen. Als oberster
Gefängniswärter versuchte er, die Gefangenen gut zu
behandeln, sah immer auch die Menschen in ihnen.
Auf die Verhörmethoden der Römer hatte er aber
keinen Einfluss und die Schreie der Gefolterten
verfolgten ihn. Mittlerweile ging er beinahe täglich
nach Dienstschluss in die Taverne und ertränkte die
grausigen Gedanken und Erinnerungen im Wein.
Gleich an ihrem ersten Abend im Kastell, trafen

Bran und Brent den Kerkermeister, der vor seinem Wein des Vergessens saß und vor sich starrte. Die Taverne bestand aus einer einfachen lieblos zusammengezimmerten Theke. Auf zwei etwa sieben Fuß auseinanderstehenden Weinfässern lag ein zwei Fuß breites, daumendickes Eichenbrett. Die Theke hatte auf ihrer oberen Seite eine sehr dunkle Färbung, die mehr vom verschütteten Wein, als vom Alter des Holzes herrührte. Die aufrechtstehenden Weinfässer, auf denen die Theke auflag, mochten vielleicht vier Fuß hoch sein. Viel höher durften sie auch nicht sein, sonst wäre es dem kleinen, dicken Wirt auch nicht mehr möglich, seine Gäste über die Theke anzusehen und zu begrüßen. Im Schankraum waren sechs Tische mit jeweils vier Stühlen aufgestellt, die wie die Tische aus Birkenholz hergestellt worden waren. An fünf Tischen hatten sich Legionäre niedergelassen, die sich eifrig und für jeden hörbar über die Befestigungsarbeiten am Kastell unterhielten. Bei ihnen, den Feinden, wollten sich die beiden Kelten nicht niederlassen. So schritten sie zum Tisch des Herkules und Bran fragte den Riesen "Erlaubst du zwei müden Wanderern, sich an deinen Tisch zu setzen?" Herkules, der in düsterer Stimmung seinen vierten Becher Wein an die Lippen führte, sah die beiden mit glasigem Blick an, antwortete aber nicht auf die höfliche Frage. Mit einem tiefen Schluck leerte er seinen Becher und setzte ihn hart, ohne die Hand von ihm zu nehmen, auf dem Tisch ab. Dann wandte er sein Gesicht dem Wirt zu. "Wirt! Siehst du nicht das mein Becher leer ist? Beeil dich mit dem Einschenken, ich habe heute einen gewaltigen Durst, den bekomme ich immer, wenn Römer sich um meine Gefangenen kümmern, ganz schlimm wird es, wenn sie sich dann noch ein altes Ehepaar vornehmen." Die Römer an den anderen Tischen wussten um den Gemütszustand des Germanen, erkannten auch die Provokation in seinen Worten. War es Mitleid, dass sie ihn gewähren ließen? Da die beiden Kelten von Herkules auf ihre Frage, sich an seinem Tisch niederlassen zu dürfen, keine Antwort erhalten hatten, sahen sie es als Zustimmung an und setzten sich. Trotz seiner Trunkenheit musterte der Riese die Neuankömmlinge sehr genau. "Ich habe noch nicht ja gesagt, aber ich sehe zwei Kelten aus deren Augen kein Falsch spricht und so freue ich mich, eure Gesellschaft zu genießen. Ihr seid fremd hier; was führt euch in das Kastell?" Bran holte gerade Luft, um dem Hünen zu antworten, als der Wirt mit einem

143

neuen Becher an den Tisch trat und den Wein vor Herkules abstellte. Mit einem fragenden Blick sah der Besitzer der Schänke die zwei Neuankömmlinge an. "Bring uns Wein", beantwortete Bran auf den Blick des Wirtes. "Und mir was zu essen. Was kannst du mir anbieten?", fragte Brent. Bevor der Wirt antworten konnte sagte Bran zum Wirt "Mein Begleiter hat vergessen, dass wir bei Freunden zum Essen eingeladen wurden. Wir werden deine vorzügliche Küche leider erst später genießen." Mit enttäuschter Miene ging der Wirt zurück zur Theke, um den Wein in zwei hölzerne Becher zu füllen. Derweil sah Brent seinen Freund an. "Warum hast Du mir nicht gesagt, dass wir zum Essen eingeladen wurden. Bei wem eigentlich? Wir kennen hier doch niemanden!" Bran lächelte. "Hast du dir den Wirt angesehen? Seine schmutzigen Hände und seine schmierige Kleidung - sie haben mir den Appetit verdorben. Wenn ich mir dann noch seine fettigen Haare ansehe, kann ich mir gut vorstellen, wie aus ihnen kleine niedliche Tiere auf unser Essen hüpfen und das Mahl mit uns teilen. Hier bekomme ich keinen Bissen herunter!" Brent lauschte den Ausführungen und sah seinen Freund mit offenem Mund an. Auch Herkules hatte ruhig zugehört, sah von Bran zu Brent, der immer noch mit offenem Mund da saß, und lachte laut los. "Das ist gut, das gefällt mir, genau deshalb habe ich hier auch noch nie etwas gegessen." Dann hob er den Beiden seinen Becher entgegen und sagte "Aber der Wein ist gut, den könnt ihr beruhigt trinken. Ob das Schwarze auf der Innenseite der Becher vom Wein stammt oder doch etwas anderes ist, kann ich euch allerdings nicht sagen." Als der Wirt dann die Becher vor seinen neuen Gästen abstellte, nippten diese vorsichtig an ihren Bechern und stellten erstaunt fest "Der Wein ist tatsächlich gut!" An den zufriedenen Mienen der zwei erkannte Herkules, dass sie ihm bei der Beurteilung des Weins zustimmten. "Ich sehe, ihr stimmt mir zu, der Wein scheint euch zu schmecken. Also, was führt euch in das Kastell?"

Bran sah seinem Gegenüber fest in die Augen als er ihm antwortet "Wir sind Schmiede und kommen aus Londinium. Im Augenblick gibt es dort so viele von unserem Handwerk, dass nicht für jeden von uns Arbeit abfällt. Vor einigen Tagen hat uns ein Reisender von Befestigungsarbeiten am Kastell Parisi berichtet. So dachten wir, machen wir uns auf und helfen den Römern, ihr Kastell sicherer zu machen. Wie ist es, kannst du uns jemandem vorstellen, der für die Einstellung der Arbeiter zuständig ist?" Herkules strich mit seiner rechten Hand über sein Kinn und sah die beiden durchdringend an. "Ihr seid Kelten, warum wollt ihr den Römern bei der Befestigung ihres Kastells helfen? Ich denke eure Landsleute werden euch dafür hassen und wer weiß, vielleicht fällt ein Mauerblock aus luftiger Höhe auf eure Köpfe, wenn ihr unten am Befestigungswall vorbeigeht oder ihr stürzt versehentlich in einen der Befestigungsgräben. Ich jedenfalls will mit Leuten, wie ihr es seid, nichts zu tun haben. Wirt, ich möchte zahlen, in deine Schänke ist ein übler Geruch eingekehrt!" Als Herkules aufstehen wollte legte Bran eine Hand auf den Arm des Riesen. "Bleibt, wie ich sehe mögt ihr die Römer nicht, wie kommt es das ihr ihnen dient?" Herkules verzog sein Gesicht, als er dem Schmied antwortete "Ich bin ihr Sklave und wenn ich nicht in ihrem Cirkus landen will, muss ich tun, was sie mir befehlen. Ja, wäre ich ein Kelte, so würde ich schon lange mit einem Speer bewaffnet, auf der anderen Seite des Walls stehen. Daran würde auch meine jetzige Aufgabe als Gefangenenwärter im Kastell nichts ändern. Ihr meint vielleicht, als dieser hätte ich es gegenüber den anderen Sklaven Roms sehr leicht. Glaubt mir, das habe ich schon oft gehört, aber dabei bedenkt keiner, wie es ist, die Leiden der Gefangenen mitzuerleben und ihnen kaum helfen zu können." Herkules hatte die Sätze mit dem Blick auf seinen Weinkelch mehr zu sich gesagt. So war es ihm entgangen, wie die beiden Kelten sich bei seinen Worten bedeutungsvoll ansahen. Mit einem Seufzer beendete er seine Rede und sah die beiden Kelten mit schwermütigem Blick an. Lange betrachtete Bran den Germanen still. Dann räusperte er sich und sprach "Ich denke wir können dafür sorgen, dass du auf die andere Seite des Hadrianswalls kommst und unsere Leute dich akzeptieren. Wenn du uns hilfst, hier unsere Aufgabe, sie ist nicht die Festung zu stärken, zu erfüllen, nehmen sie dich sogar freudig auf und wenn du willst, kannst du zu deinem Volk in Germanien zurückkehren." Diese Worte hatte Bran geflüstert, so dass nur sein Begleiter und Herkules sie verstanden. Herkules schaute den Kelten mit hochgezogenen Augenbrauen an. "Ich hoffe ihr meint es ehrlich mit mir! Sagt an, wie kann ich euch helfen?" Mit einem Seitenblick zu Brent sah er, wie dieser ihm aufmunternd zunickte. Dann richtete er seine Worte an Herkules "Nicht hier. Wir treffen uns morgen Abend außerhalb des Kastells im nahen

Wald. Kannst du es so einrichten, dass du zwei Stunden vor Sonnenuntergang dort bist?" Mit einem Nicken bejahte der Germane die Frage. "Wie finde ich euch dort?" Zum ersten Mal äußerte sich jetzt Brent gegenüber Herkules "Keine Angst, wir finden dich!"

Am Tag der Verabredung mit den Kelten konnte Herkules nur mit Mühe seine Unruhe verbergen. Nichts wäre schlimmer, als wenn ein Römer ihm diese anmerken würde. Glücklich von keinem Kelten oder Römer darauf angesprochen worden zu sein, wohin sein Weg ihn führe, erreichte er pünktlich zum vereinbarten Zeitpunkt den Waldrand. Seine Schritte hatten ihn eben einen Speerwurf weit in den dichten Wald hineingeführt, als plötzlich die beiden Kelten vor ihm standen und Bran ihn ansprach "Wir freuen uns, dass du gekommen bist. Bist du noch immer bereit uns zu helfen und dann mit uns auf die andere Seite des Hadrianswalls zu gehen?" Herkules sah Bran mit ernstem Gesichtsausdruck an.

"Selbstverständlich. Wäre ich sonst gekommen? Wie kann ich euch helfen?"

Bran war nicht glücklich darüber, Herkules in seinem Plan einweihen zu müssen. Konnte er ihm vertrauen? Aber wie sonst sollte er Naos Eltern schnell aus der Gefangenschaft der Römer befreien. Interessiert hörte sich Herkules an, was die zwei Kelten zum Kastell der Römer geführt hatte. Am Schluss seiner Ausführungen sah Bran sehr traurig aus, Herkules jedoch lächelte ihn an. "Die Befreiung ist einfach. Die Kastellmauer bildet den hinteren Teil des Gefängnisses. Die Rückseite des Verlieses, in dem die Eltern Naos einsitzen, bildet gleichzeitig ein Stück der Festungsmauer. Sie ist dort nicht besonders stark. Eigentlich ist sie das nirgendwo. Daher will der Legat ja die Festung verstärken. Wir brauchen nur ein paar Steine entfernen und schon sind eure Freunde in Freiheit. Wann soll die Befreiung beginnen?" Bran sah seinen Freund Brent und dann Herkules an. "Noch heute Nacht, bei Morgengrauen werden wir auf der anderen Seite des Hadrianswalls erwartet. Ich hoffe Herkules, du musst dich bei niemandem mehr verabschieden, auch musst du all deine persönlichen Sachen zurücklassen. Sobald wir keine Lichter mehr im Kastell sehen, schleichen wir uns an die Rückseite und befreien Naos Eltern".

Wie Herkules vorhergesagt hatte, verlief die Befreiung schnell und problemlos. Brent, der schon häufig den Hadrianswall ohne Wissen der Römer überschritten hatte, führte die Gruppe sicher in das Dorf Ibensium zum Fürsten Helu.

Die Intrige

Bisher hatte der Legat seinem Berater Weco noch keinen Platz angeboten. So stand der alte Grieche etwas unschlüssig vor dem an seinem Arbeitstisch sitzenden Legaten Maximus. Dieser sah ihn leicht verwundert an. "Was ist, Weco, hat es dir die Sprache verschlagen oder wirst du langsam zu alt um mir als Berater nützlich zu sein? Jetzt setz dich endlich, du machst mich nervös, wenn du da so vor mir stehst!"

"Verzeihung Dominus, ich bin nur überrascht, dass Helu die Verhandlungen schon in drei Tagen beginnen will." Noch während er sprach, zog Weco einen in der Nähe des Tisches stehenden Stuhl heran und setzte sich. Als er aufblickte, traf ihn ein vorwurfsvoller Blick des Legaten. "Habe ich dich nicht zum Bürger von Rom gemacht, Weco, also warum nennst du mich dann noch Dominus?" Das Gesicht des Beraters entspannte sich als er Maximus antwortete "Verzeihung Legat, es war wohl die Überraschung über Helus Verhalten, die mich in meinen Gedanken abschweifen ließ. Es schien mir abwegig, so schnell seine Zustimmung zu

Verhandlungen zu bekommen. Deine Einladung hat ihn doch erst vor einigen Tagen erreicht." Sein Blick richtete sich nachdenklich nach oben. "Wenn ich es recht bedenke, könnte die Dezimation seiner Landsleute die Ursache für die Bereitschaft schneller Verhandlungen sein. Er fürchtet sicher, ohne Verhandlungen könnte noch mehr Unheil über sein Volk hereinbrechen." Der Legat lehnte sich in seinem Stuhl zurück, verschränkte die Hände hinter dem Kopf, den er dabei langsam schüttelte. "Nein, das glaube ich nicht. Auch die Kelten bestrafen Meuterer. Ich denke, dahinter steckt etwas anderes und solange ich nicht weiß, was, bin ich sehr beunruhigt. Zu den Vorverhandlungen mit den Kelten werde ich Marcus schicken." Weco sah seinen Kommandanten entsetzt an. "Marcus! Er hat doch die Dezimation an den Kelten befohlen. Ich fürchte, er wird Ibensium nie erreichen. Der erste Wald hinter dem Hadrianswall wird sein Friedhof werden." Schmunzelnd sah der Legat seinen Berater an. "Wenn es dem Fürsten ernst mit seiner Einladung ist, wird er unserem Centurio nichts antun. Jetzt gehe und hole mir Marcus, Roman und Fabius. Da Nao die Versuchung des Fürsten Helu widerstanden hat an seinem Hof zu bleiben, vertraue ich ihr vollständig und werde sie weiterhin als meine Botin einsetzen. Sie soll ebenfalls zu mir kommen. Ich werde die vier mit ihren Aufgaben bekanntmachen."

Maximus konnte ja nicht wissen, das Nao durch Taje vom Schicksal ihrer Eltern erfahren hatte und sie nur zu ihm zurückgekommen war, um ihre Eltern vor den Repressalien des Legaten zu schützen.

Nachdem Weco den Raum verlassen hatte, stand Maximus umständlich auf und schritt langsam zum Fenster und schaute hinaus in das Land. Seine Gedanken schweiften über den Hadrianswall zu Helu, dem Fürsten der Kelten: ich fühle, du führst gegen Rom Böses im Schilde.

Im Ante Meridian war eine Hora vergangen, als Weco mit seiner Begleitung den Raum des Legaten betrat.

Wieder am Fenster stehend, drehte sich der Legat den Ankömmlingen zu. Die Arme auf dem Rücken verschränkt, die Eintretenden mit ernster Miene ansehend. "Salvete, ich habe euch herkommen lassen, weil ich für jeden von euch wichtige Aufgaben vorgesehen habe. Ihr werdet zum Fürsten der Kelten nach Ibensium reisen und mit seinen Vertrauten in weitere Vorverhandlungen über die Möglichkeiten zur Verbesserung unserer

Beziehungen treten. Als Verhandlungsführer auf unserer Seite habe ich Marcus vorgesehen. Seine Aufgaben hier im Kastell übernimmt Roman. Roman wird dies schaffen, kann auch ohne Einweisung durch dich, Marcus, sofort beginnen. Über deine Aufgaben als Verhandlungsführer wirst du nach unserer Besprechung unterrichtet." Marcus schaute verblüfft, hob die rechte Hand und wollte seinem Legaten antworten, aber dieser hatte sich schon Nao zugewandt.

"Nao, mit Bedauern habe ich von der Kerkerhaft deiner Eltern gehört. Ich bitte dich, mir dieses Missverständnis nicht übel zu nehmen. Ein Bote war auf dem Weg, um ihre Freilassung zu veranlassen, als ich die Nachricht von ihrer Befreiung erfuhr. Selbstverständlich werden sie für die Dauer ihrer Haft entschädigt und eine Untersuchung wird klären, wie es zu dem bedauerlichen Missverständnis kommen konnte. Sein Gesicht spiegelte sein Bedauern wider, zeigte aber auch ein bittendes Lächeln. Da Marcus erst in einigen Tagen abreisen kann, hoffe ich, du bist dennoch bereit, sofort für mich zum Fürsten zu reisen, um ihm mein Einverständnis zum sofortigen Verhandlungsbeginn mitzuteilen und die baldige Ankunft meiner Delegation anzukündigen."

Den Kopf leicht nach links gelegt und mit einem gespielt schüchternen Lächeln erwartete der Legat die Antwort der Keltin. Diese sah ihn an und der Legat spürte, dass sie versuchte seine Gedanken zu lesen. "Ich werde alles tun, damit ein dauerhafter Frieden zwischen unseren Völkern herrschen kann. Du kannst dich auf mich verlassen. Wann soll ich nach Ibensium aufbrechen?" Wohlwollend und erleichtert sah Maximus die junge Frau an. "Ich denke, du wirst noch einige Vorbereitungen für deinen Weg nach Ibensium treffen wollen, morgen bei Sonnenaufgang scheint mir der richtige Zeitpunkt, Fabius wird dich begleiten." Die junge Frau war sich nicht sicher, ob der Legat sie verhöhnte, als er abschließend mit überzogen traurigem Gesichtsausdruck sagte "Odius und Jeth können leider nicht mit dir gehen. Sie müssen Marcus bei seiner schweren Aufgabe unterstützen. Marcus, ich bitte dich noch einen Moment zu bleiben, euch anderen wünsche ich den Segen der Götter für euere schwierigen Aufgaben." Nachdem Weco mit Nao, Roman und Fabius den Audienzsaal verlassen hatte, wandte sich der Legat dem Maximus zu. Mit ernstem Gesicht nachdenklich über das Kinn streichend sah er seinen Centurio an. "Ich wollte dich zum Befehlshaber der ersten Kohorte machen, aber durch deine unüberlegte Handlung, die aufsässigen Kelten zu bestrafen, hast du meine Pläne zur Rückeroberung des nördlichen Britanniens schwer geschadet. Du wirst daher verstehen: es ist mir unmöglich, dich zum Tribun der ersten Kohorte in Rom vorzuschlagen." Marcus schluckte und verzog überrascht das Gesicht, denn damit hatte er nicht gerechnet. Er, Tribun und Befehlshaber der ersten Kohorte, hatte durch sein unüberlegtes Handeln alles verdorben. Während er noch angestrengt darüber nachdachte, wie er sein Verhalten beim Legaten ins rechte Licht rücken könnte, bemerkte er, wie sich der strenge Gesichtsausdruck seines Befehlshabers milderte. "Ich habe gründlich darüber nachgedacht und bin zu dem Entschluss gekommen, dir eine Aufgabe zu übertragen, die eines zukünftigen Tribuns würdig ist." Jetzt sah der Legat seinen Centurio ernst an. "Du wirst dafür sorgen, dass die Vorverhandlungen scheitern und wir einen Grund bekommen den Hadrianswall zu überschreiten. Gelingt dir das, wirst du an der Spitze der ersten Kohorte den Fürsten Helu mit seinen Kelten bis an den Antoninuswall zurückdrängen und dort gefangen nehmen. Besser wäre allerdings, wir könnten sie schon auf ihrem Land gefangen nehmen. Ich will den Fürsten und die Ersten seines Volkes nach Rom bringen. Für das Volk habe ich andere Absichten. Denkst du, du bist in der Lage, meinen Befehl auszuführen?"

Erleichtert atmete Marcus auf. "Ich werde meinen Legaten nicht enttäuschen. Habe ich freie Hand oder gibt es bereits einen Plan, wie ich vorzugehen habe?" Der Legat begab sich zu seinem Tisch ergriff eine darauf liegende Karte und umriss mit dem kräftigen Zeigefinger das Gebiet nördlich des Hadrianwalls. Triumphierend wandte er sich dem hinter ihm stehenden Centurio zu. „Ja, es gibt einen Plan. Lass ihn dir erläutern!" Als Marcus den Legaten verließ, schenkte er der vermummten Gestalt die in Begleitung zweier Legionäre den Arbeitsraum des Legaten betrat keine Beachtung. Schon bald würde er die Bekanntschaft der fremden Person machen.

Ein neuer Plan

"Sieh mal Patricivs, da kommt wieder ein Offizier mit Begleitung zu uns. Ich denke, du bist von uns der geübteste im Umgang mit Offizieren, also empfange du sie am Tor." Patricivs, der in der Wachstube nicht in der Nähe der Fenster gesessen hatte und somit nicht wusste, wer da auf das Tor zukam seufzte "Ihr seid nur zu faul, die Stufen hinunter - und wieder hochzusteigen. Aber ja, der Klügste von uns sollte den Offizier begrüßen und die Kontrolle am Tor übernehmen. Dann werde ich also mal gehen." Seine Rüstung überprüfend und sein Pilum ergreifend verließ er, etwas selbstgerecht grinsend, die Wachstube. Schadenfroh bemerkte der älteste wachhabende Legionär "Der Ärmste, wenn er wüsste wer, da auf ihn zukommt." Patricivs hatte sich eben breitbeinig in das Tor gestellt, als er hochblickend die Ankömmlinge mit ihrem Offizier betrachtete. "Ich Rindvieh! Da werden sie da oben jetzt schön über mich lachen. Aber wie sollte ich auch wissen, dass Marcus die Gruppe anführt. Gut, dass ich meine

Uniform noch überprüft habe." Noch etwas unsicher angesichts des korrekten Sitzes seiner Uniform und der Rüstung kontrollierte er nochmals kritisch seine Kleidung und sah ihn: Einen Wasserfleck auf dem silbern glänzenden Brustharnisch! Marcus, der mit seinem Gefolge dem Tor schon sehr nahegekommen war, blickte Patricivs unverwandt an und so war es dem armen Patricivs nicht mehr möglich, den Fleck zu beseitigen. Penibel auf die Vorgaben zur Überprüfung Durchreisender achtend, wickelte Patricivs die Kontrolle ab. Ohne eine Beanstandung durch den strengen Offizier, beendete Patricivs die Überprüfung der Reisenden. Diese hatten sich schon einige gradus von ihm entfernt, als sich Marcus im Sattel umdrehte und dem erleichtert aufseufzenden Patricivs zurief "Damit die Rüstungen der Offiziere der ersten Kohorte ebenso glänzen wie deine, wirst du mich bei meiner Rückkehr zum Kastell begleiten und sie dort, unter der Aufsicht des Principals eine Woche lang täglich reinigen." Erschüttert sah der Legionär, wie der Offizier sich umdrehte und wieder an die Spitze seiner Delegation durch das Tor ritt. Ohne weitere Zwischenfälle erreichte Marcus mit seinen einhundertsechzig Legionären das Dorf Ibensium. Auf einer ebenen Wiese vor dem Dorf hob er den rechten Arm und ließ seine Soldaten anhalten. Der Platz war gut gewählt, bot er doch ausreichend Platz für ein befestigtes Lager. Auf drei Seiten war der Lagerplatz von dichtem Wald umgeben, der jedoch so weit entfernt war, dass die römischen Kundschafter jeden Angriff aus dem dunklen Dickicht sofort bemerken würden. Das galt auch auf die offene vierte Seite, die zum Dorf führte.

Marcus wandte sich Jeth zu. "Hier werden wir lagern. Während Odius das Lager befestigt, begleitest du mich mit zehn Legionären ins Dorf. Die Legionsstandarte übergibst du Odius. Sehen wir mal, ob unsere Botin den Weg für Verhandlungen bereits frei gemacht hat." Mit ernstem Gesicht sah Marcus Odius, der mit der eingerollten Legionsstandarte neben ihm stand, an. Ein leichtes Kopfnicken des Principals ließ ihn beruhigt auf die Auswahl der zehn Legionäre durch Jeth warten. Odius würde alles so ausführen wie er es ihm befohlen hatte. Schon bald traf Jeth mit den Legionären bei Marcus ein und gemeinsam machten sie sich auf den Weg ins Dorf. Der alte Principales wusste genau wie so ein Marschlager gesichert werden musste.

Er ließ das einhundertsechzig mal dreihundert Fuß große Lager mit einem Graben von fünf Fuß Tiefe umgeben. Da immer Legionäre außerhalb des Lagers umherstreiften, musste es nicht grösser sein. Den Aushub nutze er für einen erhöhten Wall um das Lager, der oben mit einer Wand aus Schanzpfählen verstärkt wurde.

Diese Arbeiten würden die einhundertfünfzig Legionäre und die vierundzwanzig Knechte bis zum Beginn der Dunkelheit abgeschlossen haben. Mit Wachen hinter dem Wall und Kundschaftern, die das Vorfeld zum Dorf und die nahen Wälder durchstreiften, war ein erfolgreicher Überfall auf das Lager kaum durchzuführen.

Dachte Odius!

Im Dorf wurde Marcus mit seiner Begleitung von Airam empfangen.

Stirnrunzelnd sah Marcus Airam an und dachte: Was bildet sich dieser angebliche Fürst eigentlich ein? Lässt mich, einen römischen Abgesandten, durch eine untergeordnete Person und dann noch durch eine Frau begrüßen!

Airam hatte den unwilligen Gesichtsausdruck des Römers wohl bemerkt. Sie überlegte: Dass nicht der Fürst, sondern eine Frau ihn empfängt, trifft diesen eingebildeten Römer hart. Wenn ich ihm gleich noch sage, dass der Fürst für ihn heute keine Zeit hat, fällt er vom Pferd.

"Seid gegrüßt Centurio! Mein Fürst heißt euch herzlich willkommen. Leider ist er heute mit unaufschiebbaren Staatsgeschäften außerhalb des Dorfes beschäftigt, so dass er euch nicht empfangen kann. Er bedauert dieses außerordentlich und bittet, seine Abwesenheit zu entschuldigen. Ich habe mir erlaubt, für euch eine passende Unterkunft einzurichten und für den Abend ein Fest auszurichten."

Nur mühsam konnte Marcus seinen Zorn unterdrücken und mit steinerner Miene antwortete er der Zauberin "Das ist sehr liebenswürdig von euch, aber ich habe mein Lager nicht weit von hier. Ich werde dorthin zurückkehren. Bitte richtet dem Fürsten aus, dass es mir eine Ehre ist, ihn morgen in meinem Zelt zu empfangen."

Ohne eine Antwort der Zauberin abzuwarten, zog er die Zügel hart nach rechts und trabte mit seinem Pferd aus dem Dorf heraus.

Airam sah ihm lächelnd nach. Das saß! Ich denke er kocht vor Wut. Aber der Fürst hat recht, wer wie er unsere Leute behandelt, hat nichts anderes verdient. Es ist schon eine Unverfrorenheit vom Legaten, den

Mörder unserer Männer als Unterhändler zu uns zu entsenden."

Nur durfte sie darüber urteilen, gerade SIE? Mit einem Kopfschütteln beruhigte sie ihr schlechtes Gewissen. Wenn sie an ihr Volk dachte, hatte sie gestern richtig gehandelt. Das hieß aber nicht, dass sie den Centurio nicht mehr hasste.

Marcus hatte indessen mit seiner Begleitung das Lager erreicht. Er bedachte den auf ihn zukommenden Odius mit einem wohlwollenden Blick. "Ich sehe, das Lager ist fast fertig und bin sehr zufrieden mit dir! Morgen kommt der Fürst zu uns und er soll von allem hier, von jedem einzelnen Legionär beeindruckt sein. Die Macht und die Stärke Roms soll selbst in unserem kleinen Lager zu spüren sein."

Jeth hatte sich in der Zwischenzeit auch umgesehen. "Ich stimme dir zu Centurio, aber ist es das richtige Lager? Ich denke, die Verhandlungen ziehen sich sicher über einige Tage hin. Sollten wir da nicht ein Feldlager und kein wie von Odius hergerichtetes Marschlager haben?"

Mit einer unwirschen Handbewegung wischte der inzwischen von seinem Pferd abgestiegene Centurio den Einwand beiseite. "Kümmere dich nicht darum

Standartenträger! Hilf dem Principales dabei, das Lager für den Empfang des Fürsten vorzubereiten!" Diese Tätigkeit gehörte nicht zu den Aufgaben eines Standartenträgers, aber Jeth war von Marcus einiges gewohnt und so unterließ er es, zu protestieren. "Ich versichere dir Centurio, der Fürst wird beeindruckt sein." Dann wandte er sich Odius zu. "Ich freue mich dir helfen zu können, aber nun übergib mir die Standarte." Der Principales sah seinen Befehlshaber fragend an. Dieser lächele ihm zu, dann antwortete er "Jeth, du bekommst weitere Aufgaben, für die Pflichten des Standartenträgers wirst du keine Zeit mehr haben. Daher ist während unseres Aufenthaltes hier der Principales für die Standarte verantwortlich. Nun gehe und sorge dafür, dass das Lager vor Einbruch der Dunkelheit fertig wird."

Mit einem "ad imperium" wandte sich Jeth von seinem Befehlshaber ab und begab sich zu den Schanzarbeiten rund um das Lager.

Marcus sah Jeth eine Weile nach, wandte sich dann Odius und sagte "Ich konnte diesen Römer spielenden Kelten noch nie leiden! Dir geht es doch auch so! Das macht es leichter, den Burschen zum Wohle Roms zu opfern. Nun folge mir in mein Zelt. Da mich der Fürst heute nicht in seinem Dorf empfangen hat, müssen wir unseren Plan ein wenig ändern."

Helu hielt sich sehr wohl in Ibensium auf. Während Airam mit Marcus sprach, saß der Fürst in der Audienzhalle seiner Residenz und sprach mit Nao. Fabius hatte die junge Frau zum Empfang beim Fürsten begleitet und stand dicht neben ihr. Der junge Centurio sah sich selbst als Leibwächter Naos und ließ die Gesandte des Legaten keinen Augenblick allein. Selbst in der Nacht ruhte er immer halbwach am Eingang zu ihrem Zimmer. Er ließ den Blick durch die Audienzhalle schweifen. Der Raum maß sicher dreißig mal fünfzig Fuß, was für keltische Maßstäbe recht groß war. Auch die Höhe war beeindruckend, Fabius schätzte sie auf zehn Fuß. An der Südseite des Saals war ein Fenster angebracht, das mit etwa sieben mal vier Fuß eine umfangreiche Aussicht auf einen Teil des Dorfes erlaubte. Mit schweren hölzernen Fensterläden konnte es geschlossen werden.

Der dunkle Eichentisch war mit einer Länge von zehn Fuß und einer Breite von sechs Fuß recht beeindruckend. Nao und der Fürst saßen an dieser

Tafel auf Eichenstühlen, deren Sitze und Lehnen mit Schaffellen bezogen waren. Ein Großteil des Tisches war mit Schriftrollen aus Papyrus bedeckt.

Der junge Römer musste lächeln, als er daran dachte, was wohl sein Legat darum geben würde, einen Blick auf diese werfen zu können. Die Wände waren mit Tierfellen behangen und auf den ersten Blick schien der Raum warm, gemütlich und friedlich zu sein. Schnell schwand der Eindruck wieder, sobald der Besucher die vielen verschiedenen - auch römischen - Waffen und Schilde an den Wänden betrachtete. Diese, zusammen mit einigen römischen Standarten, die sicher nicht freiwillig den Kelten von den Römern überlassen worden waren, ließen bei näherer Betrachtung den Raum als das erkennen, was er sein sollte: einschüchternd und Angst einflößend.

Nao bedankte sich eben beim Fürsten für die Befreiung ihrer Eltern aus der römischen Geiselhaft, als Airam den Saal betrat.

Kurz sah Airam zu Fabius und Nao, als sie sich schweigend neben den Fürsten stellte. Dieser erkannte, dass ihm seine Beraterin ihr Anliegen nicht in Anwesenheit der Beiden vortragen wollte.

"Du musst mir nicht danken, Nao. Ich sehe es als meine Pflicht an, Angehörigen meines Volkes, besonders wenn ihnen Unrecht geschieht", dabei sah er Fabius mit ernstem Gesichtsausdruck an, „zu helfen. Leider zwingen mich jetzt wichtige Staatsgeschäfte dazu, die Audienz zu beenden. Ich werde einen Boten zu dir senden, sobald wir unsere Unterhaltung fortsetzen können."

Nachdem Nao mit Fabius den Saal verlassen hatte, sah der Fürst die neben ihm stehende Zauberin an. „Nun, wie hat der Mörder meines Volkes die Absage zur heutigen Audienz aufgenommen?"

"Wie nicht anders zu erwarten, sehr wütend. Wie du dir denken kannst, hat er unsere Einladung, als Gast bei uns zu verweilen, abgelehnt. Er lädt dich morgen zu sich ein."

"Entschuldige, dass ich dir keinen Platz angeboten habe." Mit einer einladenden Handbewegung zum Stuhl gegenüber seinem Tisch lud er Airam ein sich zu setzen. Nachdenklich erwiderte Helu "Das passt nicht in meinem Plan. Ich kann ihn nur umsetzen, wenn sich Marcus und seine Offiziere hier im Dorf als Gäste befinden und die ihnen gewährte Gastfreundschaft verletzen. Es ist nicht gut, Pläne kurzfristig zu ändern. Dabei unterlaufen erfahrungsgemäß zu häufig Fehler."

Bei ihrer Antwort verzog Airam leicht den Mund.

"Und ob Jeth seine Aufgabe durchführen kann? Leider ist das nicht mehr sicher. Mein Spion berichtete mir, dass ihm die Aufgaben eines Standartenträgers entzogen wurden. Er soll sich stattdessen um das Lager kümmern. Odius ist jetzt der Standartenträger. So waren Brans Bemühungen, Jeth auf unsere Seite zu ziehen, völlig nutzlos."

"Dann müssen sich eben einige unserer Kundschafter um Odius kümmern und Jeths Aufgabe übernehmen. Der Plan kann nicht nochmals geändert werden, dafür fehlt die Zeit. Bitte sende Bran als meinen Boten zu Marcus und lade ihn mit seinen Offizieren zu einem Fest zu seinen Ehren morgen bei Beginn der Dämmerung ein. Er ist eitel genug, diese Einladung anzunehmen. Besonders wenn Bran mit einem Maultier voller Geschenke und in aller Demut meine Einladung überbringt.

Haben Tristan und Galahad die Männer zur Liquidierung der römischen Kundschafter ausgewählt?"

Airam verzog leicht den Mund als sie bejahend nickte. "Seid unbesorgt mein Fürst. Tristan wird noch die Männer, die Jeths Aufgabe übernehmen, aussuchen. Dann ist alles bereit. Aber warum eine halbe Kohorte die Legionsstandarte mit sich führt, verstehe ich nicht. Allerdings ist es unser Glück. So konnten wir den Plan ändern und müssen niemanden von unserem Volk opfern."

Airam sah, wie der Fürst sie bedenklich ansah und dabei mit der rechten Hand über sein Kinn strich.

"Airam, genau darüber mache ich mir Sorgen. Es ist unüblich, dass eine so kleine Einheit außer ihrer eigenen Standarte auch die Legionsstandarte mit sich führt. Ich denke, wir machen keinen Fehler, wenn wir die Römer zwischen ihrem Kastell und unserem Dorf sehr aufmerksam beobachten. Ich möchte sofort über jede und sei sie noch so klein, außergewöhnliche Bewegung der Römer informiert werden."

"Ich werde es veranlassen!"

Der Fürst sah Airam mit einem Lächeln an. "Ich danke dir. Wenn Tristan Zeit hat, möge er mit Galahad zu mir kommen. Ich habe noch einiges mit ihnen zu besprechen."

Hätte der Fürst geahnt wem er da so sehr vertraute, wäre ihm und seinem Volk viel Leid erspart worden.

Die Behüter

Hinter dem Antoninuswall, hoch oben im Norden
von Britannia, saß die Frau bereits die ganze Nacht
auf der vom Wind abgewandten Seite eines Baumes
am Rande des heiligen Hains. Gegen die Kälte hatte
sie ihren braunen Umhang fest um ihren Körper
geschlungen. Jedoch war es nicht die Kälte, die sie
so zittern ließ, es war das Grauen. Ja, sie hatte das
Erlebte schon oft ertragen müssen, die anderen
Schamanen und Angehörigen ihres Volkes glaubten
an die Notwendigkeit, hielten an Ritualien fest. Die
kleine etwas rundliche Frau zweifelte jedoch von
Mal zu Mal stärker an diesem Tun. zudem belasteten
sie die Bilder des soeben erlebten Traums. Schon
immer war es ihr schwer gefallen nach einem
Opferritual den Leichnam bis in die
Morgendämmerung zu bewachen. Der Tradition
folgend sandte der oberste Schamane den Krieger
erst, wenn der Tag langsam hinter den Anhöhen
aufstieg. Mit ihm konnte die Wächterin den toten
Jungen vom heiligen Baum nehmen und ihn in

dessen Nähe bestatten. Langsam hob sie den Kopf, strich sich eine blonde Haarlocke aus dem Gesicht und ließ ihre schweren, müden Augen über die hügelige Landschaft gleiten. Nicht nur müde, auch ungeduldig hielt sie Ausschau nach dem Krieger. Die vor ihr liegende baumlose, nur mit vereinzelten, vom Wind verkrüppelten Bäumen versehene Landschaft erlaubte einen guten Überblick und schon bald sah sie eine menschliche Kontur durch das nebelumhüllte Grasland stampfen. Sich mit den Händen am Baum abstützend stand sie langsam auf und strich ihre typisch keltische Tracht mit beiden Händen glatt. In Erwartung des Kriegers hob sie den linken Arm, um den Ankömmling zu begrüßen, bis sie erschrocken innehielt. Es war keiner ihrer Krieger, der da auf sie zukam. Die Konturen des Ankömmlings wurden immer deutlicher, Beathag sah schulterlange Haare die zu einem gehörten, dessen Kleider und Haut strahlend weiß waren, der im Ganzen leuchtete wie frisch gefallener Schnee. Beathags Gedanken schwankten zwischen Neugierde und Misstrauen, wobei das Interesse obsiegte und sie langsam auf den Fremden zuging. Eine merkwürdig beruhigende Wärme ging von ihm aus und die junge Frau vergaß darüber sogar die Schrecken der vergangenen Nacht. Dem attraktiven, muskulös gebauten Mann folgten in einigem Abstand zehn weitere ebenso weiß gekleidete und gleichermaßen gut gebaute Gestalten, die erst bei näherem Hinsehen keine Klone des Anführers waren, sondern in den Gesichtszügen feine Nuancen aufwiesen. Selbst die Waffen, die sie in Form von Bögen über ihren Schultern trugen und Lanzen, die sie in ihren rechten Händen hielten, waren identisch. Als der Anführer auf sie zutrat, empfand Beathag weder Furcht noch Misstrauen. Sein freundliches Lächeln erwärmte ihr Herz und ihr Gefühl sagte, von diesem Mann könne nie etwas Böses ausgehen. Seine Füße steckten, wie die ihren, in Schnürsandalen, der weiße Umhang reichte bis zu den Knöcheln. Mit einer kurzen Handbewegung strich er sein Haar nach hinten und schaute die Wächterin mit seinen tiefblauen Augen freundlich an. „Beathag, wir haben einen weiten Weg hinter uns, um dich zu finden. Tief im Süden unseres Landes bahnt sich Unheil an. Die Römer haben beschlossen, wieder unser ganzes Land unter ihre Herrschaft zu bringen. Um die Gefahr abzuwenden, benötigt der Fürst Helu dringend Hilfe. Uns wurde vor langer Zeit dieses Unheil vorhergesagt und, dass nur du es abwenden kannst.

Deshalb sind wir gekommen, um dir bei deiner Aufgabe zu helfen." Beathag wunderte sich über die sanfte Stimme des kräftigen Mannes. Hätte sie ihr verdutztes Gesicht sehen können, wäre ihr wohl ein Schmunzeln über das Gesicht gehuscht. So aber antwortete sie mit ernster, aber auch ungläubiger Miene "Habe ich das richtig verstanden? ICH soll unser Land vor den Römern retten? Ich, die ich nicht einmal in der Lage bin, unseren Oberschamanen von seinen elendigen Menschenopfern abzubringen? Wer seid ihr, dass ihr mit einem derartigen Anliegen zu mir kommt?"

Plötzlich erkannte sie die Fremden: Die spitzen Ohren, die helle Kleidung, die weiße Haut, die schmalen langen Hände und die silbernen Waffen. "Elben!" murmelte sie und ihre Augen wanderten ungläubig über die Gruppe. "Seit ich Kind bin, habe ich viel von euch gehört, aber ich habe euch immer für Fabelwesen gehalten. Was bin ich nur für eine schlechte, ungläubige Schamanin, eine unwürdige Zweiflerin. Ausgerechnet von mir erwartet ihr, das Land zu retten!" Ihr Gesicht wurde fahl, mit verzweifeltem Gesichtsausdruck schüttelte sie langsam den Kopf und sagte mit leiser, brüchiger Stimme "Sucht euch jemanden Würdigeres. Airam, die rothaarige Schamanin beim Fürsten Helu wäre so jemand."

"Ich bin Mab, ein Fürst der Elben." Dabei trat der Fremde mit einem Lächeln nahe an sie heran und legte sanft eine Hand auf ihre Schulter. Leichte, angenehm wohlige Wärme strömte dabei durch den Körper der Frau und nahm ihr jegliche Furcht. "Airam können wir nicht bitten, sie dient nicht nur Helu, sondern auch den Römern. Aber selbst, wenn sie treu wäre, sie ist nicht die Richtige. Du wurdest von den Göttern auserwählt das Land zu retten. Dabei haben wir nicht mehr viel Zeit. Die Schlacht im Süden hat schon begonnen und Airam ruft bereits durch ihren Raben die dunklen Wesen der Wälder herbei, um den Römern zu helfen. Dann sah Mab mit finsterem Blick zum Wald. "Lass uns das bedauernswerte Opfer des Oberschamanen bestatten und dann schnell zu deinem Stamm zurückkehren. Wir müssen es schaffen Fürst Tona davon zu überzeugen uns zu helfen. Dem Krieger, der dir bei der Bestattung des Opfers helfen sollte, sind wir unterwegs begegnet. Ich habe ihn zum Fürsten zurückgeschickt, ihm unsere baldige Ankunft anzukündigen. Er wird ihm sicher schon von uns berichtet haben. Nun lass uns das jüngste Opfer des

Druiden würdevoll bestatten." Ohne auf eine Antwort Beathags zu warten, nahm der Elbenfürst seine Hand von der Schulter der Schamanin, ging still an ihr vorüber und betrat mit seinen Kriegern den Wald. Unschlüssig blieb Beathag stehen, bis sie schließlich mit gesenktem Kopf und einem tiefen Seufzer den Elben in den heiligen Hain folgte. Kurz nach ihnen erreichte sie die Kultstätte ihres Volkes, die auf einer kleinen Lichtung lag und im Tageslicht den Schrecken der Nacht verloren hatte. Der Leichnam des ausgebluteten Jungen wurde von den Elben in ein silbrig glänzendes Tuch gewickelt, was ihm ein friedliches Aussehen gab und Beathag war erleichtert, dass die Fremden ihr die Bestattung des Blutopfers abnahmen. Beathag wandte sich dem Opferbaum zu und streute frischen Waldboden und Laub auf die Blutlache am Stamm des Baumes. Sie liebte diesen von den Schamanen so schrecklich missbrauchten Baum. Jeder, selbst die Schamanen mieden die riesige Eiche und suchten sie nur anlässlich einer rituellen Blutopferung auf. Im Gegensatz zu ihren Stammesmitgliedern glaubte sie auch nicht an die ihm innewohnenden Götter, die alljährlich ein Blutopfer verlangten, um ihrem Volk bei Kriegen und bei der Jagd beizustehen. Beathag liebte den Baum, ihr war die Angst der anderen Schamanen fremd. Wie oft hatte sie sich bei Kummer und Ängsten, die ihre Seele aufwühlten, ihre vor Sorge heiße Stirn an ihm gekühlt. Der Baum war ihr Freund und Ratgeber. Zärtlich streichelte sie die raue Rinde des Baumes, sie sah nicht, wie der Fürst der Elben sie dabei beobachtete und so konnte er sich unbemerkt hinter sie stellen. Sanft legte er seine Hand auf ihren Unterarm. "Beathag, ich verspreche dir, wenn du uns hilfst, das Land vor den Römern zu schützen, so helfen wir dir in deinem Kampf gegen die Blutopfer der Schamanen und dein Freund der Baum wird Ruhe finden." Langsam wandte sich Beathag dem Elben zu, der erschrocken das kummervolle Antlitz der Schamanin bemerkte. Dicht trat der Fürst an die Frau heran und legte beide Hände auf ihrer Schulter. "Beathag, ich schwöre dir bei unserem Gott Asuryan, dass unser gemeinsamer Kampf nicht nur die Eindringlinge vertreiben wird, wir werden auch deinen Kampf gegen die Blutopfer gewinnen. Aber, dafür brauchen wir dich, die Fürsten Helu und Tona und alle hellen Wesen des Waldes." Dann zog er die Schamanin an seine Brust und streichelte leicht über ihr Haar. Zwar fand sie Gefallen an der zärtlichen Zuwendung, löste sich jedoch schnell von dem Fürsten, hielt seine beiden Hände mit ihren und antwortete lächelnd "Ich danke dir Fürst Mab, ich werde alles in meinen Kräften Stehende tun, um unseren Kampf erfolgreich zu beenden. Jetzt möchte ich mich von meinem Freund verabschieden und bitte euch, ohne mich den Fürsten Tona aufzusuchen und ihn um seine Unterstützung bitten. Denn wenn unser Oberschamane sieht, dass ich euch unterstütze, wird er alles in seiner Kraft stehende unternehmen, um unseren Fürsten von einem Kampf gegen die Römer abzuhalten. Sobald ich hier fertig bin, werde ich euch folgen." Ohne die Elben weiter zu beachten, wandte sie sich dem Baum zu. "Ich weiß, du hast uns zugehört. Sag mir, habe ich mich richtig entschieden, als ich dem Fürsten der Elben meine Unterstützung zugesagt habe?"

Leise schwangen die sanften Worte des Baumes in ihr Bewusstsein. "Ja, meine beste Freundin, du hast recht getan, dem Fürsten deine Unterstützung zu gewähren. Bedenke, die Elben kämpfen nicht nur für sich. Sie helfen euch, die Eindringlinge zu vertreiben die eure Besitztümer und Kulturen rauben oder zerstören wollen. Sie kämpfen auch für uns, für die Wälder, die Pflanzen und die Tiere. Im Süden des Landes sind ihnen schon viele Wälder zum Opfer gefallen, sie vernichten die Natur, um Platz für ihre Städte, ihre Straßen und ihre Erzgruben zu erobern. Glaube nicht, dass sie im Norden davor haltmachen, erbarmungslos werden sie uns vernichten. Daher werde ich die Bäume, Pflanzen und Tiere des Waldes dazu aufrufen, mit uns gemeinsam die Eindringlinge zu bekämpfen. Leider ist es Airams Raben schon gelungen, seine Artgenossen und viele Wölfe durch falsche Versprechungen zu Bundesgenossen der Römer zu machen. Die Einfältigen haben noch nicht begriffen, dass auch sie dem Kahlschlag anheim fallen werden." Obwohl Beathag gebannt den Worten des Baumes lauschte, spürte sie, wie ein Ast sich bei völliger Windstille zu ihr herabbeugte und sanft über ihr Haar strich. Mit einem tiefen Seufzer streichelte sie den Stamm des Baumes und machte sich dann auf, den Elben zu folgen. Sie hatte den Wald eben verlassen und die Steppe erreicht, als sie hinter sich das Rauschen von Blättern hörte. Beathag drehte sich um und wunderte sich nicht, dass bei absoluter Windstille die Bäume des Waldes ihr zuwinkten.

Der Rabe des Lugus

„Ich verstehe den Fürsten nicht! Wie kann er dem
Mörder unserer Männer Geschenke überbringen und
zu einem Fest einladen?" Der finstere Blick und tiefe
Falten auf Brans Stirn ließen seinen Ärger erkennen.
Tristan, dessen rechte Hand auf der Kruppe des
Packpferdes ruhte, erwiderte ihm schmunzelnd
"Mache dir darüber keine Gedanken. Überbringe die
Einladung und die Geschenke. Ich bin mir sicher, wir
bekommen alles wieder zurück und ich sage dir, die
Römer legen noch Einiges darauf. So hat deine Stirn
allen Grund sich wieder zu glätten. Glaube mir, nach
dem Fest werden deine Augen wie Sterne in der
Nacht leuchten. Während deines Aufenthalts bei den
Römern nutze die Gelegenheit, dir das Lager und
seine Befestigungen genau einzuprägen. Im
Gegensatz zu unseren Kundschaftern, die das Lager
nur von außen sehen, hoffe ich, dass du dich im
Lager frei bewegen kannst. Gehe aber vorsichtig vor.
Niemand darf merken, dass du ein wenig spionierst.

Ich denke, die Römer werden dir ein Geschenk für den Fürsten mitgeben. So sieht es zumindest das Protokoll vor. Geschieht es, so sage ihnen, dass es bei uns üblich ist, dieses Gegengeschenk durch einen der Gäste überbringen zu lassen. Schlage ihnen beiläufig vor, dass Jeth aufgrund seiner keltischen Abstammung der ideale Bote wäre." Schmunzelnd antwortete Bran "Ich verstehe, du willst Jeth bei unserem Angriff in Sicherheit wissen. Ich denke, das kann ich wohl überzeugend vorbringen." Sein Reitpferd besteigend und die Zügel des Packpferdes ergreifend, machte sich der Bote des Fürsten auf den Weg ins römische Lager. Der Feldherr des Fürsten sah dem Boten mit sorgenvoller Miene nach: Ich hoffe du machst deine Sache gut, Schmied! Im Gegensatz zu Helu bin ich mir nicht so sicher, dass der Centurio seine Einladung an Helu zurückstellt und erst unserem Dorf seinen Besuch abstattet. Darauf beruht der ganze Schlachtplan. Aber vielleicht haben wir Glück und der Plan des Fürsten geht auf. Seufzend und mit der rechten Hand durch sein trotz seines Alters noch immer volles Haar streichend, begab er sich in die Audienzhalle, um dem Fürsten vom Aufbruch des Boten zu unterrichten. Tristans Sorgen waren unbegründet.

Bran hatte die Geschenke seines Fürsten dem Centurio übergeben und der Römer hatte die Einladung des Fürsten angenommen. Genau wie der Heerführer der Kelten vermutet hatte, übergaben die Römer dem Boten Gegengeschenke für den Fürsten der Kelten. Auch der Bitte, diese durch Jeth überbringen zu lassen, kam der Centurio gerne nach. War er doch so seinen ungeliebten keltischen Standartenträger für eine Weile los. Nur den Auftrag, ein wenig das römische Lager auszukundschaften, konnte Bran nicht erfüllen. Eine römische Wache hatte ihn am Eingang zum Lager empfangen und direkt zum Zelt des Centurios begleitet. Die Zeit, die die Römer für die Zusammenstellung der Gegengeschenke brauchten, verbrachte Bran auf einem mit Kissen weich ausgepolsterten Diwan mit einem Becher Wein im Vorzelt des Centurios. Bran war kein Weinkenner. Ihm war das keltische Met viel lieber, aber schon beim erstem Schluck hellte sich seine Miene auf, mit Freuden stellte er fest, dass der Wein nicht gewässert war. Mit einem wohligen „ah" ließ er sich in die Kissen zurücksinken. So bedauerte er es redlich, als ihm schon nach einer kurzen Weile die Geschenke durch einen römischen Offizier übergeben wurden. Sich von den bequemen Kissen trennend, ging er auf den am Eingang des Zeltes stehenden Römer zu. Lächelnd schlug er ihm auf die rechte Schulter. "Ich hoffe mein Freund, du hast auch ein Fässchen von diesem köstlichen Wein als Geschenk beigegeben. Den Becher behalte ich als Erinnerung an eure Gastfreundschaft. Ich denke das ist dir recht." Dabei hielt er den goldenen Becher hoch. Ohne auf den verwirrten Gesichtsausdruck des Römers zu achten, verließ er das Zelt und ging zu Jeth, der inzwischen das Packpferd mit den Geschenken der Römer belud. Jeth verkörperte für Bran immer noch das römische Reich. So sah er ihn mit finsterer Miene an. "Wenn du fertig bist, sollten wir schleunigst aufbrechen, mir gefällt die Luft in diesem Lager nicht." Das war allerdings nur die halbe Wahrheit. Er hatte vielmehr Angst, der Römer könnte Brans Erinnerungsstück zurückfordern. So half er Jeth beim Beladen des Packpferds. Nachdem es beladen war, bestiegen sie ihre Reitpferde und Bran nahm das an einer Leine gebundenen Packpferd an sich. Von einer Eskorte wurden sie auf direktem Weg zum Tor des Lagers begleitet. So war es Bran wieder nicht möglich, das Innere des Lagers auszuspähen. Schon bald erreichten die Zwei das Dorf Ibensium. Da Jeth mittlerweile seine

Verbundenheit zu den Römern aufgegeben hatte, war die fehlgeschlagene Auskundschaftung des Lagers durch Bran unbedeutend. Der junge Kelte hatte schließlich an der Erstellung des Lagers einen wesentlichen Anteil gehabt. Es war ihm somit ein Leichtes, dem Heerführer der Kelten das Lager in allen Einzelheiten zu beschreiben. So sehr Tristan auch nachfragte, über die Pläne des Marcus war Jeth nicht informiert.

Niemand von ihnen ahnte allerdings, dass Airam vor zwei Tagen, nach einem Treffen mit dem Legaten, die Seiten gewechselt hatte.

Früh am nächsten Morgen begannen die Bewohner Ibensiums mit den Vorbereitungen zum Fest. Von den bewachten Weiden wurden zwei Ochsen und einige Schafe zum Festplatz getrieben. Aus den Ställen holten die Viehhüter fünf Schweine und trieben sie zur Schlachtbank. Schon bald drehten sich die Ochsen, Schweine und Schafe auf Spießen über den offenen Feuern. Es dauerte nicht lange, bis jedem Dorfbewohner der Geruch von gebratenem Fleisch in die Nase stieg und die Vorfreude auf das Fest bei allen noch grösser wurde. Zumindest bei denen, die in die bevorstehenden Ereignissen nicht eingeweiht waren. Aus kühlen Erdlöchern, die den Vorrat der Dorfbewohner an Met bargen, wurde mancher Krug des berauschenden Getränks hervorgehoben. Da jeder Krieger wusste, dass er nur wenig von dem Met zu trinken bekam, schließlich sollten die Römer trunken gemacht werden, sie aber für den bevorstehenden Kampf nüchtern bleiben, kam bei ihnen anfänglich keine rechte Freude auf das Fest auf. Erst als der Bratenduft sich endgültig vom Dorfplatz bis in die letzte Hütte des Dorfs verteilt hatte, sehnten sich alle nach dem Beginn des Festes. Es kam schließlich nicht alle Tage vor, dass den Dorfbewohnern ein so üppiges Mahl bereitet wurde. Auch wenn einigen von ihnen eine gewisse Furcht vor dem Ausgang des Festes beschlich. Als die Dämmerung begann den Festplatz in Dunkelheit zu tauchen, wurden die rund um den Platz im Boden verankerten Fackeln zur Ausleuchtung der Feier angezündet. Nur ein genauer Beobachter würde sich wundern, warum neben jeder Fackel ein Kind Aufstellung genommen hatte. Am Rande des Festplatzes in der Nähe vom Eingangstor zum Dorf hatte Helu mehrere Bänke und Tische aufstellen lassen. Für ihn war ein aus Eiche gefertigter Stuhl, dessen Sitzfläche und hohe Rückenlehne ein

Bärenfell zierte, vorgesehen. Die einfachen Stühle links und rechts neben ihm, waren dem Centurio Marcus mit seinen Offizieren, sowie den Heerführern der Kelten vorbehalten. Hinter jedem der Sitzenden würde ein unbewaffneter Kelte stehen, um den Gästen die Speisen vorzulegen und die Becher zu füllen. Unbewaffnet waren sie nur auf den ersten Blick. Jeder der Diener trug einen Dolch, versteckt unter seinem weiten Hemd.

Ein Hornstoß verkündete die Ankunft der römischen Gäste. Zur Begrüßung der Römer hatten sich Airam, Nao und Fabius am Eingang zum Festplatz aufgestellt. Als Marcus mit seinen Offizieren bei ihnen eintraf, nickte Airam dem Centurio freundlich zu. Diesmal beschwerte sich der Römer nicht, dass er nicht vom Fürsten oder wenigstens vom Heerführer begrüßt wurde. Airam wandte sich ihren beiden Begleitern zu "Nao, wärst du so freundlich, den Fürsten über die Ankunft unserer Gäste zu unterrichten. Dir Fabius, wäre ich dankbar, wenn du deinen römischen Freunden ihre Plätze anweisen würdest." Als die beiden nicht mehr in ihrer und Marcus Nähe standen, stieg der Centurio vom Pferd. Scharf beobachtete er die Umgebung, bevor er sich der Zauberin zu wand. "Nun Airam, ist alles vorbereitet?" Verschwörerisch lächelnd sah die Zauberin dem Römer ins Gesicht. "Von meiner Seite ja. Wenn sich jetzt auch noch Odius mit seinen Soldaten an unseren Plan hält, gehört das Dorf im Morgengrauen dir. Dann stehen euch bis zum Antoninuswall keine wirklichen Hindernisse mehr im Weg. Die wenigen die noch auftreten können, werden von meinen dunklen Freunden des Waldes unter Mithilfe deiner germanischen Söldner beseitigt. Aber denke daran, meine Freunde des Waldes helfen dir nur, wenn mich dein Legat, nach der Eroberung des Dorfs zur obersten Schamanin des ganzen Landes ausruft. Nun sag, hat Maximus es zugesagt?" Mit einem Nicken beantwortete der Centurio die Frage. Da sie als verbündete Oberpriesterin der Kelten den Römern sehr nützlich sein konnte, ging Airam nicht davon aus, dass die Römer sie betrügen würden. So sprach sie mit einem befriedigenden Lächeln "Sorgen macht mir, dass ihr die sich im Dorf aufhaltenden Caledonier nicht als eine ernste Gefahr wahrnehmt. Mit ihnen sind euch die Krieger der Kelten zahlenmäßig weit überlegen." Marcus legte beruhigend eine Hand auf die Schulter der Frau. "Sorge dich nicht, Zauberin. Im Morgengrauen bist du die ranghöchste Schamanin des Landes. Mögen auch mehr Krieger im Dorf sein, der Überraschungsmoment ist auf unserer Seite, und mit Odius führt mein erfahrenster Principal die besten Soldaten der Legion an. Es wird ein vollkommener Sieg, morgen früh wird der Fürst mit seinem Heerführer wegen Hochverrats am Kreuz sterben. Nun lass uns gehen und den Verräter begrüßen." Ganz so unbesorgt wären die beiden nicht gewesen, hätten sie nur einen einzelnen Strauch am Eingang zum Festplatz ein wenig genauer beobachtet. Während Nao, Airam und Fabius den Centurio begrüßten, saß Helu mit seinen Heerführen noch in der Empfangshalle und beriet sich mit ihnen über letzte Einzelheiten zur Abwehr der römischen Invasion. Der Heerführer der Caledonier wollte soeben einen Einwand zur seiner Meinung nach zu sanften Behandlung der Römer nach ihrer Gefangennahme äußern, als einer der Kundschafter, die das römische Lager beobachteten, atemlos und ohne Einhaltung der Förmlichkeiten in die Halle stürmte und rief "Die Römer machen sich mit allen ihren Waffen marschbereit! Dabei haben sie auch die Legionsstandarte aufgerollt. Nun weht der Rabe über ihrem Lager und unser Land. Wegen dieses Frevels können wir die caledonischen Krieger kaum zurückhalten die Römer anzugreifen. Was sollen wir tun?" Noch während der Kundschafter berichtete und dabei seine Worte mit hektischen Bewegungen seiner Arme unterstützte, war der Heerführer der Caledonier zornig aufgesprungen und schaute Helu wütend an. "Das haben wir nun von deiner Vorsicht! Der Bote des Lugus weht in römischen Händen über unser Land! Nie wird uns der Gott das verzeihen. Dieser Frevel kann nur mit dem Blut der Römer gesühnt werden. Ich werde meine Krieger sofort gegen die Römer führen. Was sitzt du hier noch herum Tristan? Versammle deine Krieger und wir werden gemeinsam gegen die Römer ziehen." Langsam erhob Helu sich von seinem Stuhl und sah Galahad ruhig ins Gesicht. "Nur ruhig, Galahad, wir werden den Frevel rächen. Uns bleibt auch keine Wahl, nachdem unsere Krieger den Raben über dem römischen Lager gesehen haben, können wir den Kampf nicht vermeiden. Nur müssen wir das ruhig und mit Überlegung anfangen. Jetzt die voll bewaffneten Römer in ihrem befestigten Lager anzugreifen, würde vielen von unseren Kriegern das Leben kosten. Wir werden sie angreifen, wenn sie das Lager verlassen. Ich gehe davon aus, dass sie das im Morgengrauen tun werden. Sie werden überzeugt sein, dass sie uns satt, trunken und schlafend vorfinden werden. Da die Römer uns sicher ebenso beobachten wie wir sie, feiern wir in der Zwischenzeit mit unseren Gästen wie geplant das Fest. Nur betrunken möchte ich keinen Krieger sehen. Ich werde jeden der sich nicht daran hält, dem Oberschamanen des Landes ausliefern, sagt ihnen das. So wissen sie, dass auf sie der Feuertod wartet, wenn sie den Befehl nicht befolgen. Weist jetzt eure Gefolgsleute ein und dann gehen wir gemeinsam zum Fest." Nachdem die Krieger den Saal verlassen hatten, ließ sich Helu seufzend auf seinen Stuhl nieder. Dann fuhr er sich mit der rechten Hand durch sein Gesicht und mit einem Aufstöhnen murmelte er „Mögen uns die Götter gnädig sein. Aber was für eine Wahl haben wir? Tun wir nichts, werden uns unsere Gäste vernichten, vernichten wir unsere Gäste, wird uns Rom vernichten. Uns bleibt nur der Kampf, um dann hinter den Antoninuswall beim Fürsten Tona Schutz zu suchen, so wie es uns sein Heerführer Galahad vorgeschlagen hat." Jetzt, nachdem alles entschieden war, erhob sich Helu und ohne ein Anzeichen von Sorge, folgte er seinen Kriegern nach draußen, um das Fest zu eröffnen. Völlig anders als Marcus es sich vorgestellt hatte, endete wenig später das Fest.

Verrat

Die Begegnung mit den Elben hatte Beathags
aufgewühltes Herz ein wenig beruhigt. Sie erreichte
ihr Dorf, dass nur fünf römische Stadien vom
Opferbaum entfernt lag, als eben der Fürst der Elben
aus dem Versammlungshaus des Dorfes trat. Mit
ruhigen Schritten ging er auf die vor dem Haus
wartenden Gefährten zu. Im Gegensatz zu den
Wohnhäusern war das Versammlungshaus nicht
rund, sondern rechteckig aus zugeschnittenen,
aufeinander geschichteten Eichenstämmen errichtet
worden. Das Dach hatte man, wie die Häuser der
Einwohner, mit Schilf eingedeckt. Da nur eine kleine
Türöffnung und fünf kleine Fenster das Tageslicht
hineinließen, herrschte auch am Tag im Inneren
immer eine leichte Dämmerung. Bei Versammlungen
brachten Fackeln und Feuerstellen ein wenig
Helligkeit hinein. Gleichzeitig mit Mab erreichte
Beathaq die vor dem Versammlungshaus auf ihren
Fürsten wartenden Elben. Nur selten zeigten Elben
ihre Gefühle, aber ein Blick in das Gesicht des
Elbenfürsten verriet Beathaq, dass dieser nur schwer
seinen Zorn unterdrücken konnte. Noch immer die
Stirn in Falten gelegt und die Lippen fest

aufeinandergepresst hörte der Fürst Beathaq sagen "Ich sehe es dem Fürsten der Elben an, die Unterredung mit meinem Herrn hat den Fürsten nicht zufrieden gestellt." Beathaq hatte die Worte kaum gesprochen, als sie diese schon wieder bereute. Es würde dem Elben nicht gefallen, dass sie ihn darauf aufmerksam machte seine Gefühle nicht im Griff zu haben. Eine Antwort erwartete sie nun nicht mehr. Umso überraschter war sie, als sich das Gesicht des Fürsten entspannte und er ihr mit einem Lächeln antwortete "Beathaq, du bist sehr direkt und völlig undiplomatisch. Ich denke, ich habe die richtige Zauberin gebeten mir zu helfen." Dann wandte er sich um und ging mit seinen Begleitern zu der ihnen vom Fürsten Tona zugewiesenen Unterkunft. Beathaq wollte sich ebenfalls zu ihrer Hütte begeben, als ein fremder keltischer Reiter rücksichtslos an ihr vorbei sprengte, vor dem Haus des Fürsten Tona vom Pferd sprang, die Zügel dem völlig überraschten Posten in die Hand drückte und in das Haus stürzte. Der Posten hatte sich schnell gefasst und die Zügel fallen lassen. Dem fremden Reiter hinterherzustürzen dauerte nur den Bruchteil einer Sekunde. Die Zauberin hatte die Szene in aller Ruhe beobachtet. Mit gemäßigten Schritten betrat sie ebenfalls das nun unbewachte Haus. Dabei war sie sich sicher, dass der Fremde keine bösen Absichten verfolgte. Dafür hatte er viel zu stürmisch agiert. Vielleicht war es ein Bote. In der jetzigen Lage konnte es nicht schaden, Nachrichten aus der Fremde zu erfahren. Um nicht bemerkt zu werden, betrat sie leise den Empfangsraum. So hörte sie die letzten Worte des Boten. "Dem Fürsten Helu ist wohl bewusst, dass er viel von euch verlangt, aber es muss sein, ihr müsst euren Druiden festsetzen. Er ist ebenso wie Airam zum Verräter an unserem Volk geworden. Die Römer versprachen ihm, nach ihrem Sieg über uns, ihn zum obersten Druiden und Airam zur Hohepriesterin unseres Volkes zu machen. So wurden sie zu Verrätern an unseren beiden Völkern." Die Schwere der Anschuldigungen gegenüber seinem engsten Vertrauten hatten den Fürsten Tona in Zorn von seinem Platz aufspringen lassen. Aber schon bald hatte sich sein Zorn gelegt. Nachdenklich ging er in seinem Arbeitszimmer auf und ab. War das die Möglichkeit endlich Fürst Helu loszuwerden und die beiden Völker unter seiner Führung zu vereinigen? Hatten die Römer Helu erst einmal vertrieben, würde ihm schon etwas einfallen, die Besetzung durch die Römer zu seinem Vorteil zu

nutzen. Wer weiß, vielleicht würde der Kaiser ja
auch bald die kostspielige Besetzung Britanniens
aufgeben. Vor allem wenn die Schätze doch nicht
den erhofften Gewinn erbrachten. So antwortete er
dem Boten "Reite zurück und danke dem Fürsten
Helu für seine Worte. Er kann sicher sein, dass ich
alles Notwendige unternehmen werde." Dann
wandte er sich um und setzte sich an seinen Tisch.
Tona war wieder so in Gedanken versunken, dass er
den Gruß des aus dem Empfangsraum gehenden
Boten nicht erwiderte. Als Beathaq sah, dass der
Bote den Raum verließ, versteckte sie sich hinter
einer Mauerecke. So entzog sie sich den Blicken des
Fremden und weder er noch der Fürst ahnten das ihr
Gespräch belauscht worden war. Leise verließ
Beathaq das Haus, um den Fürsten der Elben zu
suchen. Der Elbenfürst musste unbedingt erfahren,
dass nun auch ein Bote aus dem Süden die
Anschuldigungen gegenüber dem Druiden und
Airam dem Fürsten Tona vorgetragen hatte.
Vom eben Gehörten wie zu einer Statue erstarrt,
stand noch immer der Wächter neben dem Tisch
seines Fürsten. Mit eiserner Miene sah ihn der Fürst
an. "Hast du schon einmal eine Kreuzigung erlebt?"
hörte er den Fürsten sprechen. Völlig verängstigt

194

nickte der Krieger mit dem Kopf. "Dann weißt du was dir blüht, wenn du von dem eben Gehörten nur ein Wort sprichst. Da der Heerführer Galahad beim Fürsten Helu ist, hole mir bitte meinen zweiten Heerführer Erin. Sag ihm, dass ich ihn sofort sehen möchte. Bei deinem Leben, denke daran, zu Niemandem ein Wort, auch nicht zum Heerführer." Langsam beruhigte sich das Gemüt des Fürsten und mit entspanntem Gesicht kehrte er zu seinem Sitzplatz zurück. Mit einem leisen Ächzen ließ er sich auf seinen Stuhl nieder, lehnte sich zurück und legte beide Unterarme auf die Armlehnen. Sein eben noch so entspanntes Gesicht zeigte plötzlich eine gewisse Anspannung. Auf einmal erfassten ihn leise Zweifel an den Worten des Boten. Sein Heerführer Galahad war doch beim Fürsten Helu. Warum hatte sein Heerführer nicht dafür gesorgt, dass einer seiner Krieger, die er Tona doch alle kannte, ihm diese Botschaft mitteilen würde? Oder hatte Helu seinem Feldherrn von dem Verrat seiner Schamanin und dem Druiden nichts gesagt? Das war unwahrscheinlich. Umso mehr, wenn er bedachte das nach den Worten des Boten, unten im Süden eine Schlacht zwischen ihren Brüdern und den Römern bevorstand oder schon lief. Hatte er dem Fürsten der

195

Elben nicht geglaubt, weil er irgendeine Intrige der Elben befürchtete, so musste er jetzt nach den Worten des Boten die kriegerische Auseinandersetzung als eine Tatsache ansehen. Aber was war mit dem Verrat? Es hielt ihn nichts mehr auf dem Stuhl. Er erhob sich und begann wieder auf und ab zu gehen. Nun wieder voller Unruhe traf ihn Erin an. Sofort zwang sich Tona zu eisiger Ruhe und setzte sich scheinbar entspannt auf seinem Stuhl. Mit einem Nicken seines blondgelockten Kopfes begrüßte Erin den Fürsten. Der junge Heerführer war im Gegensatz zu den caledonischen Kriegern nicht sehr groß, vielleicht fünf Fuß und sein Körper ungewöhnlich schlank. Von seinen Gegnern wurde er daher häufig unterschätzt. Allerdings hatten diese nur selten die Gelegenheit ihren Fehler ein zweites Mal zu machen. Was Erin an Körperkraft fehlte, machte er durch Schnelligkeit und Gewandtheit im Zweikampf und bei der Handhabung der Waffen wieder wett. Da Erin im Kampf und bei den Waffenübungen nicht wie die meisten Heerführer seine Krieger nur tadelte, sondern nicht mit Lob geizte, war er bei diesen sehr beliebt. Auch Tona mochte seinen jungen zweiten Heerführer. Für den Fürsten war es wichtig, dass Erin in allen Situationen viel ruhiger als Galahad blieb. Mit dieser ihn so auszeichnenden Ruhe und List war es Erin noch immer gelungen jede Lage zu seinen Gunsten zu beeinflussen. Irgendwann würde Erin Galhad als Heerführer ablösen. Aber noch war es nicht so weit. Bei all seiner Befähigung, es fehlte ihm noch an Erfahrung, um ein exzellenter Heerführer zu sein. Mit einem Lächeln sah Tona sein Gegenüber an und mit einer Handbewegung forderte er den jungen Heerführer auf sich zu setzen. Mit einigen Worten hatte der Fürst seinem Heerführer von der Botschaft des Fürsten Helu unterrichtet. So sehr sich Tona auch bemühte, er sah keinerlei Regung in den Gesichtszügen des jungen Kriegers. "Erin, ich bin sehr besorgt. Da mir Fürst Mab kurz bevor der Bote kam über den Verrat unserer Priester berichtet hat, muss ich von der Wahrheit der Beschuldigungen ausgehen. Suche dir zwei verlässliche und dir treu ergebene Krieger aus und nehmt unseren Druiden gefangen. Er darf keinerlei Umgang mit irgendjemanden haben. Die Gefangennahme muss still und heimlich vollzogen werden. Ich will, dass niemand etwas davon erfährt." Während seiner Worte hatte der Fürst seinen Heerführer sorgfältig beobachtet, aber wie immer sah er keinerlei Regung in dessen Gesicht und am Verhalten des Kriegers. Langsam stand Tona auf. "Gehe jetzt und führe meinen Befehl aus. Anschließend komme mit Beathag zurück. Wir haben noch Einiges zu besprechen." Nachdem Erin den Raum verlassen hatte, wollte der Fürst ebenfalls hinaus gehen, als ihm ein weiterer Bote aus dem Süden gemeldet wurde. Mit einem Seufzer ließ sich Tona wieder auf seinem Stuhl nieder. Er hatte es sich eben bequem gemacht, als der Bote eintrat. Auch dieser trug keltische Kleidung. Eine Mütze aus Bärenfell verdeckte sein Haar. Auffällig war seine für einen Kelten doch geringe Größe und seine dunklen Augen. Als der Bote seine Bärenmütze abnahm, griff Tona mit einer schnellen Bewegung zu seinem an der Stuhllehne hängendem Schwert und sprang von seinem Stuhl auf. Trotz der Reaktion des Fürsten blieb der Bote vollkommen ruhig. Mit einem Lächeln sagte er "Der Fürst der Kelten kann ganz unbesorgt sein. Ich bin gekommen, um ihm die Grüße meines Legaten Maximus auszurichten und zu bitten, den Vorschlag meines Herren vortragen zu dürfen." Langsam setzte sich Tona. Schon zum dritten Mal forderte er heute jemanden auf sich zu setzen. Langsam reichte es mit den Neuigkeiten. Als der Bote sich gesetzt hatte, sah Tona seinem Gegenüber lange mit ernster Miene in dessen Gesicht, bevor er sprach "Ich danke dem Legaten für seine Grüße. Ich hoffe sehr, ihn einmal bei mir begrüßen zu dürfen." Bei den Worten des Fürsten lächelte der Bote und antwortete "Nichts sehnlicher wünscht auch mein Herr. Er bedauert die Umstände sehr, die ihn dazu zwingen den Besuch nun so schnell und unter so unangenehmen Umständen vornehmen zu müssen." Der Bote bemerkte, wie der Fürst die Stirn runzelte, ihn dabei fragend ansah. So dachte er – er weiß es tatsächlich nicht. Ihm sind die Geschehnisse in Ibensium nicht bekannt. Würden die Spione des Legaten so versagen wie die des Fürsten der Caledonier, möchte ich nicht in deren Haut stecken. Immer noch mit gerunzelter Stirn sagte Tona "Ich verstehe nicht, warum muss der Legat überstürzt und unter unangenehmen Umständen mir seinen Besuch abstatten?" Der Bote lehnte sich im Stuhl zurück. Nur kurz, und daher von Tona unbemerkt, sah er den Fürsten mit einem höhnischen Blick an. Dann beugte er sich wieder vor. "Mit Bedauern muss ich feststellen, der Fürst der Caledonier ist nicht über die Ereignisse und das abscheuliche Verbrechen der Kelten an einer römischen Kohorte in Ibensium unterrichtet." Sich zur Ruhe zwingend antwortete Tona "Wir sind hier nördlich vom Antoninuswall. Ibensium liegt tief im Süden am Hadrianswall. Das ist für uns eine andere Welt. Nach unserem Waffenstillstand mit den Kelten kümmern wir uns WENIG um unsere südlichen NACHBARN." Dem Boten entging nicht die Betonung auf die Wörter: wenig und Nachbarn, er antwortete "So will ich denn dem Fürsten von den Ereignissen berichten. "Eine Kohorte war zur Vorbereitung eines gemeinsamen Festes unserer Legion mit den Einwohnern Ibensiums in das Dorf der Kelten aufgebrochen. Sie errichteten dort ein unbefestigtes Lager. Mein Fürst sieht, wie tief der Frieden zwischen unseren Völkern von uns eingeschätzt wurde. Die römischen Offiziere wurden vom Fürsten Helu mit Geschenken bedacht und zu einer kleinen Begrüßungsfeier auf dem Dorfplatz eingeladen. Während dieser Feier wurden die Offiziere angegriffen und getötet. Nur der befehlshabende Offizier und sein Principal konnten entkommen und das Feldlager erreichen. Der dort verbliebene Centurio befahl sofort den Abmarsch der Kohorte, um den Legionären in Ibensium zur Hilfe zu eilen. Während ihres Marsches nach Ibensium wurde die Kohorte in einen Hinterhalt gelockt. Bis auf den Principal und den Centurio Marcus wurden die Legionäre regelrecht abgeschlachtet. Beide sind dann im Eilmarsch zum Sitz der Legion nach Parisi geeilt. Von einer Botin des Legaten und zwei sie begleitenden römische Offiziere, die sich zu diesem Zeitpunkt beim Fürsten Helu befanden, haben wir bisher kein Lebenszeichen erhalten. Der Legat ist darüber sehr besorgt. Seine Sorge gilt auch dem seither vermissten Ziehsohn des Heerführers in Britannia. Selbstverständlich kann Rom sich diese Schmach nicht gefallen lassen. So bereitet der Legat jetzt eine Strafexpedition vor. Nun zu seiner Bitte, er möchte, dass du den Verrätern keine Hilfe und Unterschlupf gewährst." Tona hatte sehr wohl das „du" in der Anrede des Boten bemerkt und wusste, dass der Legat nicht bat, sondern befahl. Anmerken ließ er sich aber seinen Ärger über die respektlose Anrede nicht. Was sollte er auch tun? Natürlich waren die Römer in der Lage, sein Land nördlich des Antoninuswalls zumindest für einen begrenzten Zeitraum zu besetzen. Das galt es unter allen Umständen zu verhindern und so antwortete er dem Boten "Bestelle deinem Herrn meinen Gruß; mögen ihn die Götter auf ewig ihre Gunst erweisen. Ebenso wie ihr Römer verachten auch wir Caledonier den Verrat. So verstehen wir, dass der Verrat der Kelten bestraft werden muss. Selbstverständlich gehe ich davon aus, dass jedermann meines Volkes der sich im Land der Kelten aufhält, von den Römern unbehelligt hinter den Antoninuswall zurückkehren kann. Im Land der Kelten hält sich mein Heerführer Galahad mit seinen Kriegern auf. Sobald er den Antoninuswall überschritten hat, werde ich den Wall besetzen lassen und keinem Kelten den Übergang erlauben. Dem Legaten ist sicher bewusst, dass diese Maßnahmen für mein Volk eine ungeheure, nicht nur materielle, Belastung darstellen." Bei seinen letzten Worten sah Tona sein Gegenüber mit einem fragenden Blick an und die Worte des Boten zeigten ihm, er hatte verstanden. Der Römer lächelte. "Mein Legat ist weise genug das zu wissen. Sei versichert Herr, nach der Bestrafung der Kelten gibt es nördlich vom Hadrianswall nur noch Caladonisches Land. Hierfür möchte Rom nur die Hälfte der Bodenschätze, die unter römischer Aufsicht von den kriegsgefangenen Kelten aus ihrem ehemaligen Land abgebaut werden." Damit hatte Tona nicht gerechnet. Um Herr über ganz Britannien zu werden, musste er nichts weiter tun, als die ihm verhassten Kelten in ihrem eigenen Land den Römern auszuliefern. Wie er das dem Ältestenrat erklären sollte, wusste er noch nicht. Kelten und Caledonier waren keine Freunde, aber mittlerweile gute Nachbarn. So wurde sein Hass auf die südlichen Nachbarn von seinem Volk nicht geteilt. Den Verrat an ihren Nachbarn würde der Rat niemals zustimmen. Am besten er würde den Rat im Nachhinein informieren. Eine Begründung für sein Verhalten würde ihm schon noch einfallen. Auch wie er später die wirklichen Herren Britanniens, die Römer, aus seinem Land bekam, würde sich schon irgendwie ergeben. Lächelnd stand Tona auf. "Grüße den Legaten von mir und bestelle ihm, dass ich und mein Volk uns über die Freundschaft mit Rom freuen. Es wird uns immer eine Freude sein, Roms Bürger und Händler in unserem Land zu begrüßen. Es ist mir bewusst, dass ihr schnell zu eurem Herrn zurückkehren müsst. So tut es mir außerordentlich leid, dass ihr für euren Herrn keine Gastgeschenke mitnehmen könnt. Die Transporttiere wären einfach zu langsam." Dann reichte er dem Boten seine Hand, setzte sich wieder und tat als würde er sich den Papieren auf seinem Tisch widmen. Ohne weiteren Gruß verließ der Bote den Fürsten. Langsam hob Tona den Kopf – was hatte Helu sich nur dabei gedacht, die Römer in seinem Dorf anzugreifen? Was mache ich jetzt mit meinen Druiden, den Verbündeten Roms, nachdem ich mit Rom ein Bündnis geschlossen habe? Dass sein eigener Heerführer Galahad die Schuld am überstürzten Angriff auf die Römer trug und damit dem Fürsten Helu seinen Plan zur Verhinderung der Besetzung seines Landes vereitelt hatte, davon wusste Tona nichts. So in Gedanken versunken, bemerkte der Fürst erst nach einem Räuspern Erins, dass er nicht mehr allein im Raum war. Beathag und Erin hatten den Raum betreten. Sich seinen Papieren wieder zuwendend sagte er "Erin, schicke unseren Druiden zu seinem Schutz zu unseren Verbündeten nach Eris. Ich weiß, dass die Überfahrt sehr gefährlich ist und unserem Druiden leicht ein Unglück widerfahren kann. Aber es muss sein." Dann sah er auf und mit einem Lächeln zu Beathag gewandt sagte er „Du Beathag, wirst unseren Druiden während seiner Abwesenheit vertreten. Ihr könnt jetzt gehen."

Dunkle Tage

In Parisi, an der Grenze des Hadrianswalls betrat Weco den von Fackeln erleuchteten Empfangssaal des Legaten Maximus. Dieser saß an seinem mit Schriftrollen und Karten übersäten Arbeitstisch. Dabei studierte er die erst vor kurzem von seinen Ingenieuren und Kartografen erstellten Karten von Britannia. Beim Einritt seines griechischen Beraters hob er den Blick von einer der Karten und sah seinen Berater mit gerunzelter Stirn an. Den fragenden Gesichtsausdruck des Legaten beantwortete Weco mit einem Lächeln. Er wusste, seine Worte würden den Unmut des Römers über die Störung vergessen machen. Ihn selbst machte sein Wissen ganz und gar nicht froh. "Dein Plan Legat ist aufgegangen. Die Kelten haben unsere Provokation die Legionsstandarte mit dem Adler über ihrem Land wehen zu lassen, mit dem Schwert beantwortet." Mit der rechten Faust auf seinem Schreibtisch schlagend lachte der Legat laut auf. "Wer hätte das gedacht, Weco? Ich hätte Helu niemals für so dumm gehalten auf so einen plumpen Plan hereinzufallen! Hat es

Überlebende gegeben?" Weco sah seinen Feldherrn mit ausdrucksloser Miene an. Nur mit Mühe konnte er seine Verachtung gegenüber seinem Vorgesetzten verbergen. Aber schnell erinnerte er sich daran, dass der Plan ja im wesentlichem von ihm stammte, nur dass es keine Überlebende geben sollte, auch keine Legionäre, die von der Provokation berichten konnten. Dieser Teil stammte vom Legaten. Dafür verachtete er diesen von ganzem Herzen. So war es ihm eine Genugtuung, seinem Herrn zu berichten, dass der Centurio Marcus und der Principal Odius nur leicht verwundet überlebt hatten. Mit einer Handbewegung tat der Legat Wecos Aussage als unwichtig ab. "Sobald ihre Wunden versorgt wurden, möchte ich die Beiden sprechen. Ihre Beförderung zum Tribun und zum Centurio, nach unserem Sieg über die Kelten wird sie davon abhalten zu plaudern. Weco, ich sehe deinem Gesicht an, dass du nicht zufrieden bist. Freust du dich nicht über das Gelingen deines Plans? Ich weiß, du denkst an die toten Legionäre, aber glaube mir, sie sind ehrenvoll für Rom gestorben. Ich bin immer noch fassungslos, wie einfach der Fürst Helu in unsere Falle getappt ist!" Weco hatte seine Gefühle mittlerweile wieder unter Kontrolle als er dem Legaten antwortete "Du hast mich nicht richtig verstanden Legat, es waren nicht Helu und seine Kelten, sondern die in Ibensium anwesenden Caledonier, die die Schlacht oder soll ich besser sagen, dass Gemetzel an unseren Legionären begingen." Der Legat erhob sich von seinem Stuhl und mit finsterer Miene sah er seinen Berater an. "Das, Weco, will ich nie wieder hören. Ich erwarte jeden Moment meinen Boten von Tona dem Fürsten der Caledonier zurück. Bringt er mir die Nachricht, ich bin überzeugt das er es tut, dass der Fürst die Kelten nicht in sein Land lässt und meinem Vorschlag für ein Bündnis zustimmt, dann, und das sage ich nur einmal, wird in keinem Bericht über den Überfall stehen, dass ein Caledonier das Schwert gegen einen Legionär erhoben hat. Nun geh und hole mir unsere beiden Helden!" Schon bald kehrte Weco, diesmal begleitet von Marcus und Odius, ins Arbeitszimmer des Legaten zurück. Maximus hatte recht gehabt, die den Beiden in Aussicht gestellte Beförderung, ließ sie schnell das Geschehen in Ibensium vergessen. Der Legat schaute mit freundlichem Blick seine beiden Legionäre an. "Ich unterstelle euch die Hälfte der Legionsala. Mit der Reiterei treibt ihr die flüchtenden Kelten zum Antoninuswall. Dort sitzen sie in der Falle. Sagt den

Reitern, dass nur Kelten bekämpft werden dürfen. Die Caledonier sind ab jetzt unsere Verbündeten. Sie dürfen unbehelligt in ihr Land zurückkehren. Am Antoninuswall haltet ihr und sorgt dafür, dass keiner der Kelten ihn überschreitet. Erst dort nehmt ihr jeden Kelten gefangen, der euch in die Hände fällt. Diese brauche ich als Sklaven für die Blei- und Silberbergwerke. Die euch vorher in die Hände fallen tötet. Auf unserem Marsch zum Wall haben wir keine Zeit und keine Soldaten diese zu bewachen. Ich selbst werde in zwei Tagen mit eintausend Legionären und dem Rest der Ala mit der Eroberung Britanniens zwischen den beiden Wällen beginnen. Ich denke mein Befehl ist deutlich gewesen, oder?" Das Nicken der beiden Legionäre ließ einen freundlichen Schatten über das Gesicht des Befehlshabers huschen. "Nun macht Euch fertig. Ich möchte das Ihr noch vor Beginn der Dämmerung mit der Jagd beginnt." Als die beiden Legionäre das Arbeitszimmer des Legaten verlassen hatten, sah Weco diesen verwundert an. "Bergwerke? Es gibt doch keine hinter dem Hadrianswall!" Mit einem fröhlichen Lachen antwortete der Befehlshaber "Richtig, noch nicht! Aber bald! Als wir hier ankamen, habe ich einige Ingenieure als Händler verkleidet ausgesandt, um hinter dem Hadrianswall nach Bodenschätzen zu suchen. Schon nach einigen Wochen kehrten sie mit der Nachricht zurück, dass meine Vermutung richtig war. Hinter dem Wall gibt es reichlich Blei- und Silbervorkommen. Denn, warum sollte es hier im Norden keine Bodenschätze geben, wo es sie doch im Süden so zahlreich gibt? Dann habe ich Boten in die Dörfer gesandt und den Ältesten versprochen sie an den Gewinn am Abbau der Bodenschätze zu beteiligen. Aber nur, wenn sie keinen Aufstand gegen Rom unterstützen würden. Du siehst, mein Wissen, dass die Dörfer Helu nicht unterstützen würden, war keine Hexerei. Dass die Spione des Keltenfürsten von der Absprache nichts erfuhren, war reines Glück und die Schwachstelle in meinem Plan. Sie hat mich manche schlaflose Nacht gekostet. Wenn nun noch die Caledonier meinem Vorschlag zum Bündnis zustimmen und stillhalten, ich bin überzeugt davon das sie es tun, wird es mir mit nur einem Teil der Legion gelingen, das Land zwischen den Wällen zu erobern. Der Rest der Legion sichert weiterhin den Wall und das Hinterland. Die Dörfer nehmen wir uns nach unserem Sieg über Helu einzeln vor. Sie liegen so weit auseinander, dass sie sich nicht gegenseitig unterstützen können. Zumindest dann nicht, wenn wir schnell sind und das mein Freund werden wir sein. Wenn dann das erste Silber und Blei nach Rom und Londinium gelangt, werden weder der Kaiser noch der Senat über mein eigenmächtiges Verhalten erzürnt sein. Der Sitz im Senat ist mir dann sicher. Selbstverständlich werde ich auch dich reichlich belohnen." Bei diesen Worten war er zu seinem Berater getreten, legte diesem beide Hände auf die Schultern und sah ihn mit einem strahlenden Lächeln an. "Und diese Schätze mein Freund, werden wir uns jetzt holen! Nun geh und sorge dafür, dass ich morgen Abend mit der Eroberung des restlichen Britanniens beginnen kann." Als Weco gegangen war, setzte sich Maximus mit einem zufriedenen Lächeln an seinen Arbeitstisch. Sein Lächeln wurde noch zufriedener, als der Bote, so wie es erwartet hatte, ihm die Zustimmung des Fürsten Tona zu seinem Bündnisvorschlag überbrachte.

Hetzjagd

Im Morgengrauen hatte Marcus mit seiner Reiterei
das Dorf Ibensium erreicht. Wallender Nebel, der
von den umliegenden Wiesen und Felder aufstieg
umhüllte die Reiter und ihre Pferde. Im Dorf gab es
keinen Bewohner mehr, der die Ankunft der
schemenhaften Reiter sah oder das Schnauben ihrer
Pferde aus dem Nebel vernahm. Bei ihrer Ankunft
empfing die Legionäre eine vollkommene Stille.
Diese Stille, das Wissen um die Toten und die
unheimlichen auf- und abtanzenden alles
umhüllenden Nebelschwaden, durch die hin und
wieder die aufgehende Sonne ihre blasse Scheibe
zeigte, ließ manchen Legionär erschaudern. Das
Töten war erst zwei Tage her. Somit erreichte die
Legionäre noch immer der Geruch des Todes.
Obwohl ihnen dieser bestens bekannt war, mussten
sich die Legionäre und ihre Reittiere immer wieder
zwingen, diese Orte des Grauens zu betreten. Das
Töten war ihr Handwerk und berührte sie nicht, aber
nach einer Schlacht das Feld zu betreten und die Luft

der Verwesung zu atmen, DAS, ja das war selbst für erfahrene Krieger immer wieder ein Grauen. Hier in Ibensium fiel es ihnen ein wenig leichter. Das Dorf gab es nicht mehr. Um für die Römer keine Beute oder Bequemlichkeiten zu hinterlassen, hatten die überlebenden Bewohner vor ihrer Flucht an allen Hütten Feuer gelegt. So bedeckte der Geruch von verbranntem Holz ein wenig den Atem des Todes. Am Rande des ehemaligen Dorfs ließ Marcus die Reiter halten und absitzen. Mit kalter Miene sah er seinen Principal an. "Odius, nimm dir zehn Legionäre und suche das Dorf nach Überlebenden ab. Wenn ihr welche findet, tötet sie. Egal ob Barbar oder Römer. Solltest du unsere Gesandten Nao, Fabius und Jeth finden, wäre es für unsere Beförderung ganz hilfreich, wenn sie durch die Waffen unserer Feinde getötet wurden." Odius verstand sehr wohl, was das bedeutete. Er wusste, dass der Legat keine Zeugen der Geschehnisse in Ibensium wollte. Keinen! Gleich ob Bretone, Caledonier oder Römer. So hob er böse lächelnd die Faust zum römischen Gruß und begab sich zu den Legionären, um zehn seiner ihm treu Ergebenen aufzufordern, ihn in das ehemalige Dorf zu begleiten. Ihre Halstücher gegen den üblen Geruch über Mund und Nase gebunden, drangen die Legionäre in das Dorf ein. In Zweiergruppen durchsuchten die Soldaten die Trümmer Ibensiums nach Überlebenden und Beute. Odius wollte soeben die Reste einer Hütte betreten, als der Ruf des ihn begleitenden Legionärs seine Schritte stoppte. "Odius, ich habe einen von unseren Legionären gefunden! Er lebt noch!" Unwillig drehte der Principal sich um. Mit der rechten ausgestreckten Hand auf den Legionär weisend rief er "Du kennst deinen Befehl! Worauf wartest du noch?" Sein Schwert zum tödlichen Stoß erhebend murmelte der Legionär "Ich dachte, er würde ihm noch Fragen stellen wollen. Bleib ruhig Kamerad, mein Schwert wird deine Leiden schnell beenden." Trotz seiner Schmerzen, die ihm die tiefe Schulterwunde bereitete, versuchte der Verwundete, mit vor Entsetzen weit geöffneten Augen aufzustehen. Er verstand es nicht, mit Freude hatte er die Ankunft der Kameraden bemerkt und sich rufend dem jetzt über ihn stehenden Legionär bemerkbar gemacht. Völlig verstört erkannte er, dass dieser ihn töten wollte. Dazu gab es für ihn doch keinen Anlass, so schwer war seine Verwundung nicht, um ihm Todesqualen zu ersparen. Das rief er dem Legionär zu. Dieser beachtete seine Worte nicht. Beim Versuch aufzustehen, hielt den Verwundeten sein in einer Wurzel steckender rechter Fuß am Boden fest. Die Augen schließend, gab er mit einem leisen Seufzer seinen Befreiungsversuch auf und wartete auf den tödlichen Streich. Aber dieser kam nicht. Dafür hörte er dicht neben sich ein grimmiges Knurren und den entsetzten Schrei eines Menschen. Dann plötzlich war es unheimlich still. Langsam öffnete der Verwundete die Augen. Neben ihm lag der Legionär. Sein Körper zuckte noch im Todeskampf. Die Kehle des Soldaten war nur noch ein einziger blutiger Brei. Ein silberner Wolf hatte seine Vorderpfoten auf den Leichnam des Legionärs gesetzt und sah den Verletzten mit seinen kalten grauen Augen an. Mit den Gedanken -hätte mich doch nur das Schwert des Soldaten getroffen- schloss er wieder die Augen, um diesmal den tödlichen Angriff des Raubtiers zu erwarten. Aber auch jetzt geschah nichts. Als er erneut seine Augen öffnete, sah er den toten Legionär, der Wolf aber war verschwunden. Mit Mühe und unter unsagbaren Schmerzen, schaffte es der Verletzte seinen Fuß aus der Wurzel zu befreien und verbarg sich in einer naheliegenden Mulde. Mit herumliegenden

Trümmerteilen gelang es ihm, sein Versteck zu bedecken. Trotz seiner Schmerzen geschah es schnell genug, dass Odius, der noch immer vergeblich in der Ruine des Hauses nach Überlebenden oder Wertvollem suchte, davon nichts mitbekam.

Nachdem der alte Krieger weder Beute noch Verwundete gefunden und die Ruine verlassen hatte, sah er sich nach seinem Begleiter um. Der Anblick seines vom Wolf getöteten Kameraden ließ ihn sein Schwert ziehen und vorsichtig auf den nun still am Boden liegenden, so grässlich Verstümmelten zugehen. Der Principal war erfahren genug, um sofort zu erkennen, dass ein Wolf seinen Begleiter getötet hatte. Er hoffte das dieser inzwischen nicht mehr in der Nähe war. Aber wo war der verwundete Legionär? Noch immer konnten Wölfe in der Nähe sein. So schaute er immer wieder in alle Richtungen und begab sich auf die Suche nach dem Verwundeten. Er hatte die Mulde, in dem sich der Gesuchte versteckte, noch nicht ganz erreicht, als sechs seiner Legionäre auf ihn zustürzten.

Verwundert sah er in ihre entsetzten bleichen Gesichter.

Bald nach ihrem Aufbruch hatte Helu Boten in die umliegenden Dörfer gesandt. Sie sollten die Ältesten vor der drohenden Gefahr durch die Römer warnen und sie auffordern sich ihm anzuschließen. Genau wie der Legat es vorhergesehen hatte, die Boten hatten nichts erreicht. Kein Dorf würde mit ihm gegen die Römer kämpfen. Sie sahen es als einen Streit zwischen Ibensium und Rom an. Sie ging dieser Zwist nichts an. Der Handel mit den Römern war zu ergiebig und würde sich durch den bevorstehenden Abbau der Erze noch steigern, als dass sie ihn wegen eines Streits zwischen den Römern und dem Fürsten Helu gefährden würden. Hinzu kam, dass ihnen die steigende Macht des Fürsten missfiel. Sie fürchteten um ihre Unabhängigkeit. Mittlerweile schätzte Helu die Lage richtig ein. Er hatte erkannt, dass das Geschehen um die Rabenstandarte in seinem Dorf eine Provokation der Römer gewesen war. So wollten sie den Einmarsch in sein Land rechtfertigen. Nur, was wollten sie nördlich vom Hadrianswall? Hier gab es doch nichts von Interesse für sie! In seinem Zelt aus Tierfellen sah er seinen General mit sorgenvoller Miene an. "Tristan, was wollen die Römer in unserem Land? Wir haben nichts, wofür es sich lohnt, dass Rom seine Legionäre opfert!" Ein Schulterzucken des Generals zeigt ihm, von seinem General konnte er keine Antwort erhalten. Helu, der im Gegensatz zum Fürsten Tona nichts vom Verrat seiner Zauberin wusste, erhoffte sich nun von ihr eine Antwort auf seine Frage. Daher bat er seinen General "Bitte schicke nach Airam. Vielleicht kann sie mir eine Antwort auf meine Frage geben." Mit der rechten Hand sich über den Mund fahrend antwortete Tristan "Über Airam möchte ich gerne mit dir sprechen." Mit gerunzelter Stirn lehnte sich der Fürst auf seinem Stuhl zurück und sah Tristan gespannt an. "Elaine hat Airam belauscht, wie sie mit dem Zenturio Marcus bei seiner Ankunft in unserem Dorf heimlich gesprochen hat. Dabei hörte sie, wie der Römer fragte, ob alles bereit sei. Airam möge daran denken, dass der Legat versprochen habe, sie als Hohepriesterin und den Druiden beim Fürsten Tona als Oberdruiden über ganz Britannia einsetzen." Helu hatte sich bei den Worten Tristans nach vorne gelehnt. Dabei sah er seinen General fassungslos an. "Seit wann weißt du das, Tristan?" "Elaine hat es mir kurz bevor ich zu dir ging, gesagt. Ich denke sie hat so lange gebraucht es zu sagen, weil Airam nicht nur ihre Lehrmeisterin, sondern auch ihre Freundin ist. Ich bin überzeugt sie konnte die Unterredung der Beiden auch nicht richtig einschätzen. Dafür ist sie viel zu jung." Helu stand auf und begann in seinem Zelt mit weiten Schritten hin und her zu gehen. Dabei hatte er die Hände hinter seinem Rücken verschränkt und immer, wenn er auf Tristan zukam sah dieser einen zweifelnden Gesichtsausdruck beim Fürsten. Plötzlich blieb er stehen, sah seinen General mit harter Miene an. "Schicke mir Airam und der kleinen Elaine verabreiche eine Tracht Prügel. Dafür ist sie nicht mehr zu jung und auch noch nicht zu alt. Hätte sie es uns eher gesagt, wären wir jetzt nicht heimatlos." So verließ Tristan das Zelt des Fürsten. Airam hatte er schnell gefunden. Ohne sich seine Wut auf die Zauberin anmerken zu lassen, schickte er sie mit den Worten "Der Fürst bittet dich zu sich" zu Helu. Elaine kam an ihrer Bestrafung vorbei, dafür hatte der General das Mädchen viel zu gerne. Auch war er davon überzeugt, dass der Fürst Wichtigeres zu tun hatte, als noch einen Gedanken an die Bestrafung der Kleinen zu verschwenden. In der Zwischenzeit hatte Airam das Zelt des Fürsten betreten. Sie traf den Fürsten mit sorgenvoller Miene im Zelt auf- und abgehend an. Nachdem sie erlebt hatte, was ihr Verrat in Ibensium angerichtet hatte, bereute sie es mittlerweile sehr, sich mit den Römern verbündet zu haben. Aber ihrer Meinung nach war das alles nur die Schuld des ehrgeizigen Druiden der Caledonier. Die Aussicht, der höchste Drude Britanniens zu werden, hatte ihn zum Verräter an den Stämmen werden lassen. Aber war sie besser? Nein, je länger sie darüber nachdachte, desto mehr kam sie zu dem Schluss: Hatte nicht auch sie ihr Volk aus purem Ehrgeiz verraten! Schlimm, aber das war jetzt nicht mehr zu ändern. Egal wie das Urteil des Fürsten auch ausfallen würde, sie würde ihm jetzt und hier in seinem Zelt alles gestehen. Mochte danach auch kommen was wolle. Trotz ihrer Gedanken, die sie so sehr gefesselt hatten, bemerkte sie sehr wohl wie zwei Krieger das Zelt nach ihr betraten und sich am Eingang postierten. Aber sie kam nicht mehr dazu, sich darüber Gedanken zu machen. Denn der Fürst hatte sich ihr zugewandt und sah sie mit fragendem Blick an "Airam, schön, dass du so schnell kommen konntest. Vielleicht kannst du mir helfen zu begreifen, warum die Römer wieder in unser Land eindringen. Vor allem, da sie nach der ersten Besetzung doch wissen müssten, dass es hier nichts von Wert gibt." Airam war nicht in der Lage ihrem Fürsten ins Gesicht zu sehen. So ging ihr Blick an ihm vorbei als sie ihm leise antwortete "Ja, ich weiß warum. Leider viel zu gut." Ohne den Blick von Airam zu wenden, ließ sich der Fürst auf seinen Stuhl vor den mit Karten beladenem Tisch nieder. Dabei beugte er sich nach vorne, legte die Unterarme auf den Tisch und sah seine Beraterin mit gerunzelter Stirn erwartungsvoll an. Nach einer Weile sagte er zu ihr "Ich bin gespannt darauf den Grund zu hören und noch gespannter bin ich zu erfahren, warum meine Beraterin es mir erst sagt, nachdem ich sie gefragt habe." Bei den letzten Worten hatte sich das Gesicht des Fürsten verfinstert und die Worte waren voller Kälte gewesen.

In Ibensium scharten sich die sechs Legionäre um ihren Principal. Dieser sah sie erstaunt an. "Was ist mit euch, ihr seht aus, als hätte sich der Orkus vor euch aufgetan." Der neben Odius stehende Soldat wollte soeben antworten, als ein schneeweißer Pfeil seinen Hals durchbohrte und er mit einem überraschten Gesichtsausdruck leise röchelnd zusammenbrach. Blitzschnell hatte sich der alte erfahrene Principal zu Boden geworfen. So im

Liegen den Blick erhebend sah er, wie seine noch lebenden Gefährten, die nicht so schnell reagierten, ebenfalls von Pfeilen getroffen, langsam zu Boden sanken. Auch in ihren Gesichtern war nur grenzenloses Erstaunen. Der alte Principal hatte schon viele Kämpfer in einer Schlacht sterben sehen. Aber die überraschten Gesichter seiner so plötzlich gefallenen Gefährten würde er so schnell nicht vergessen. Wer sind die Bogenschützen, die so treffsicher mit ihren Pfeilen die Hälse der Gegner durchbohren? Er hatte immer gewusst, dass er im Kampf sterben würde, aber so hilflos am Boden liegend auf seinen Tod wartend, so hatte er es sich nicht vorgestellt. Es war nicht Odius Art, sich lange ängstlich zu verstecken. Schon bald kam seine Kämpfernatur wieder durch und er erhob sich. Sein Gesicht zeigte keinerlei Furcht, sondern grausame Entschlossenheit, den Kampf mit dem unheimlichen Gegner aufzunehmen. "Wer seid ihr? Zeigt euch und kämpft wie Krieger!" Dann sah er sie. Zwei große, ganz in weißen Umhängen gekleidete Wesen waren etwa fünfzig Fuß von ihm entfernt. Sie standen neben einer zerstören Hütte und blickten ihn kalt an. In ihren Händen sah Odius weiße Bögen. Erleichtert stelle er fest, dass keine Pfeile aufgelegt waren. Er war sich aber sicher, dass auch er bald mit durchbohrter Kehle am Boden liegen würde. Auch wenn die Entfernung zu groß war, als dass er die Fremden erreichen konnte, um sie im Kampf zu stellen, so war er nicht gewillt sich kampflos töten zu lassen. Den Blick starr auf die fremden Wesen gerichtet, bückte er sich und hob sein Schwert vom Boden auf. Sich aufrichtend, das Schwert in seiner rechten Hand haltend, ging er mit entschlossenem, furchtlosem Gesicht auf die Fremden zu. Keiner seiner Gegner machte Anstalten, einen Pfeil auf seinen Bogen zu legen. Er hatte sich bis auf fünf Schritte den Fremden genähert, als einer von ihnen seinen rechten Arm, der noch immer den Bogen hielt, bis zur Hüfte erhob. "Bleib stehen Römer, wir bewundern deinen Mut und wollen dich nicht töten. Gehe zu deinem Legaten Maximus und sage ihm vom Fürsten der Elben Mab, ihr befindet euch im Land des Fürsten Helu, dem Verbündeten der Elben. Kein Römer soll wieder über dieses Land herrschen. Hier findet ihr keine Schätze, sondern nur den Tod." Nach diesen Worten drehten sich die Elben um und schon bald waren sie den Blicken des alten Kriegers entschwunden. Odius hatte keine Angst vor dem Tod, aber er sehnte sich auch nicht danach, wie ein

Held zu sterben. So ging er erleichtert zurück zu seiner Einheit, um Marcus über die Geschehnisse im Dorf zu berichten. Den verwundeten Legionär hatte er vollkommen vergessen.

Aber nicht die Elben, sie nicht! Nachdem Odius das Dorf verlassen hatte, begaben sich Mab und seine Gefährten zum Versteck des verwundeten Legionärs. Im Gegensatz zu dem alten Krieger, hatten die Elben sehr wohl gesehen, wo der Legionär sich in Sicherheit gebracht hatte. Sie fanden den Verwundeten bewusstlos in seiner Mulde vor. Der Legionär war von großer Statur und trug auch noch seine Rüstung. Trotzdem hob einer der Begleiter des Fürsten Mab ihn auf, als wäre der Krieger ein Kind. Mit ihm verließen die Elben das zerstörte Dorf.

Auf dem Weg zu seiner Einheit war Odius der verwundete Soldat wieder eingefallen. Mit einem Achselzucken tat er das Problem ab. Die unbehandelte Verwundung des Legionärs oder die Fremden würden für ihn das Problem lösen. Er hatte doch gesehen, was diese mit seinen Kameraden gemacht hatten. Um sie tat es ihm leid. Nicht, dass er

Mitleid mit ihnen gehabt hätte. Nein so menschenfreundlich war er nicht. Aber es waren seine treuesten Kameraden gewesen. Sie waren mit ihm durch alle Kämpfe gegangen und hatten so manche Beute, die sie eigentlich dem befehlshabenden Offizier hätten aushändigen müssen, unterschlagen. Er würde Neue finden müssen. Schon bald erreichte er seine Einheit. Sein Bericht, wobei er die Anzahl der Fremden ein wenig erhöhte, um seinen Fehlschlag in Ibensium in einem besseren Licht erscheinen zu lassen, schien Marcus nicht zu beeindrucken. Mit einer wegwerfenden Handbewegung tat der Offizier diesen ab. Dann bestieg der Zenturio sein Pferd, drehte es zu seinen Legionären um und rief ihnen zu: „Aufsitzen, lasst uns die Barbaren jagen und Beute machen." Mit einem lauten „Roma diu vivere" ließen die Legionäre Rom hochleben, bestiegen ihre Pferde und nahmen, mit Marcus und Odius an der Spitze, die Verfolgung ihrer Feinde auf. Nach den vier vermissten Legionären suchte niemand mehr.

Sühne

Im Zelt des Fürsten Helu hatte Airam sich mit tränenvollem Gesicht dem Fürsten vor die Knie geworfen. Ihre Beichte am Untergang von Ibensium wurde immer wieder durch lautes Schluchzen unterbrochen. Der Fürst spürte, dass die Frau die nun zitternd und weinend vor ihm kniete, ihre Tat aufrichtig bereute. Aber konnten er und sein Volk ihr den Verrat vergeben? Helu brauchte eine Weile, um sich darüber klarzuwerden. Dann beugte sich der Fürst in seinem Stuhl vor, ergriff die Oberarme der Zauberin und zog sie hoch. Er hatte ihr vergeben; ob sein Volk es ebenfalls tun würde, lag nicht in seiner Macht. Um dem Fürsten nicht ins Gesicht blicken zu müssen, wandte Airam ihren Kopf zur Seite. Helu erfasste das Kinn der Zauberin und drehte ihren Kopf, so dass sie ihn ansehen musste. Nachdem Helu das tränennasse Gesicht seiner Beraterin eine Weile gemustert hatte, war er endgültig davon überzeugt, dass Airam ihren Verrat bereute. So ließ er ihr Gesicht los und setzte sich wieder. Von den seit Tagen auf ihn einstürzenden Ereignissen erschöpft, strich er sich mit der rechten Hand über sein müdes

Gesicht. Dann lehnte er sich zurück. Die Müdigkeit war aus seinem Gesicht verschwunden, es zeigte wieder die Spur von Strenge, als er die Zauberin ansah. "Airam, wenn deine Reue der Wahrheit entspricht, so rufe die dunklen Wesen des Waldes zurück und verberge uns vor unseren Verfolgern. Wir müssen den Antoninuswall erreichen, bevor wir auf die Römer treffen. Beim Fürsten Tona sind wir in Sicherheit." Airam wollte ihrem Fürsten eben antworten das es keine Sicherheit beim Fürsten Tona gab, als Tristan mit Beathag ins Zelt stürmte und ohne die Aufforderung des Fürsten zu sprechen hervorstieß "Mein Fürst, ich bringe dir Beathaq die Schamanin des Fürsten Tona. Sie hat mir Ungeheuerliches berichtet. Fürst Tona hat ein Bündnis mit den Römern geschlossen. Er wird uns nicht in sein Land lassen. Der Verräter hat seine Krieger zum Antoninuswall geschickt, um uns den Zutritt in sein Land zu verwehren. Als Lohn erhält er unser Land und einen großen Teil der wertvollen Steine, die von den Römern in unserem Land abgebaut werden sollen. Das ist auch der Grund, warum die Römer in unser Land einmarschiert sind. Sie haben Steine, die Eisen und Silber enthalten, in unserem Land gefunden. Da sie aber niemanden haben, der in den Bergwerken freiwillig arbeitet, wollen sie uns gefangen nehmen, damit wir als ihre Sklaven dort in der Dunkelheit arbeiten. Da Fürst Tona uns nicht in sein Land lässt und nicht mit uns gegen die Römer kämpft, sitzen wir in der Falle. Im Norden der Wall, im Süden die Römer und im Osten und Westen das Meer." Nach diesen Worten ließ sich Tristan völlig aufgelöst und mit einem Stöhnen, ohne auf die Erlaubnis des Fürsten zu warten, auf einem Stuhl gegenüber nieder. Erst jetzt bemerkte er, dass Airam noch immer im Zelt war. Aufspringend, sein Schwert ziehend, stürzte er auf sie zu. "Oh du Hexe, du wirst den Lohn deines und Tonas Verrat nicht mehr genießen können!" Noch bevor der Fürst es verhindern konnte, durchbohrte das Schwert des Generals die Brust der Zauberin. Langsam sank Airam zu Boden. Kein Laut kam von ihren Lippen. Der Fürst eilte auf die am Boden liegende Zauberin zu. Sanft nahm er ihren Kopf in seinen Arm und strich ihr mit seiner rechten Hand über ihr Haar und mit seinem Daumen wischte er sanft den dünnen Blutfaden aus ihrem Mundwinkel. Dankbar sah Airam ihn an. Trotz der Schmerzen überzog ein Lächeln ihr Gesicht, "Ich danke dir, dass du mir verziehen hast. Zürne Tristan nicht. Ich verstehe seinen Zorn. Hätte er es nicht getan, so hätte ein anderer die verdiente Sühne an mir vollzogen. Die dunklen Wesen des Waldes werden euch nicht mehr verfolgen. Vertraue Jeth und den Fürsten Mab, denn sie sind eure einzige Hoffnung. Ein letztes Stöhnen entrang der Brust der Zauberin. Dann entspannte der Tod ihren Körper. Gnädig nahm er ihr allen Schmerz, als sie die Reise zu ihren Göttern antrat.

Mab

In seinem Zelt bebte Maximus vor Zorn. Selbst die geschwollene Ader auf der Schläfe des Legaten beeindruckte den vor ihm stehenden Centurio Marcus nicht im Geringsten. Seine Schuld war es nicht, dass es ihnen nicht gelang, den Fürsten Helu mit seinem Gefolge auf deren Flucht zu stellen. Seit einiger Zeit halfen auch die von Airam gesandten Raben ihnen nicht mehr beim Aufspüren des Feindes. Ebenso hatten sich die Wölfe, die bisher die verbündeten Germanen begleiteten, in die Wälder zurückgezogen und schienen sogar die Seiten gewechselt zu haben. Von seinen Legionären hatte er gehört, dass einige der Germanen von ihren so treuen Begleitern getötet worden waren. Diese Ereignisse beunruhigten die abergläubischen Germanen zutiefst. Sie fühlten sich von ihren Göttern verlassen und so war ihre Freude am Kampf deutlich gedämpft. Erst mit der Hinrichtung einiger ihrer Anführer gelang es den römischen Offizieren die Barbaren in der Legion zu halten. Wie sich die Krieger aber in den bevorstehenden Kämpfen verhalten würden, war völlig ungewiss. Das wurde auch dadurch nicht besser, dass beim Bericht des Odius über die Geschehnisse in Ibensium der neue Befehlshaber der germanischen Krieger anwesend war. Denn dieser war ebenso wie seine Stammeskrieger davon überzeugt, dass die Götter ihre schützenden Hände von ihnen genommen hatten. Die Begegnung des Principals in Ibensium mit den unheimlichen Bogenschützen beunruhigte ihn sehr. Darüber würde er mit seinen Gefährten sprechen müssen. Äußerlich ließ er sich seine Unruhe nicht ansehen. Sein Gesicht zeigte volles Interesse an die Reaktion des Legaten beim Bericht des Odius. Langsam hatte der Legat sich beruhigt. Mit eisigem Blick sah er seine Offiziere an. "Nun gut, bisher ist nicht alles nach Plan verlaufen. Unserer Vorhut ist es nicht gelungen, die Barbaren zu finden und zu stellen." Diesen Tadel verstand Marcus sehr wohl. Er würde mit dem Legaten über die Lage unter vier Augen sprechen müssen. Jetzt etwas zu seiner Verteidigung zu sagen, würde von den Anwesenden nur als Entschuldigung aufgefasst werden. Für ihn gab es nichts zu entschuldigen. So hörte er den Ausführungen des Legaten weiter zu "... entkommen können sie uns nicht. Sie sitzen in der Falle. Zwischen uns, dem Antoninuswall und den Meeren. Richtet ein

Kriegslager ein und gönnen wir den Legionären zwei Tage Ruhe." Mit diesen Worten beendete Maximus die Besprechung mit seinen Offizieren, die daraufhin bis auf Marcus das Zelt des Befehlshabers verließen. Den Centurio und seine Reiter schickte der Legat wieder hinaus ins Land, die Flüchtenden aufzuspüren.

Die Nachricht vom Verrat des Fürsten Tona hatte im Zelt des Helu schlagartig für gedrückte Stimmung gesorgt. Tristan saß in seinem Stuhl, sein noch immer blutiges Schwert zwischen den Beinen mit der Spitze auf den Boden abgestützt, blickte er mit starren Augen vor sich auf eine leere Zeltwand und schüttelte immer wieder den Kopf. Seine Niedergeschlagenheit wurde nur von dem schändlichen Verrat des Fürsten Tona verursacht. Die Ermordung der Zauberin durch sein Schwert berührte ihn in keinster Weise. Nach seiner Auffassung hatte sie den Tod mehr als verdient. Wenn ihn etwas daran störte, dann war es nur, dass sie der Tod viel zu schnell ereilt hatte. Nach einer Weile erhob sich Helu, löste sein Schwert von einem Haken aus Holz an einem Zeltpfosten und gürtete es sich um. Er wollte eben zu seinen Getreuen sprechen, als ein Krieger mit Mab dem Fürsten der Elben in sein Zelt trat. Erstaunt sah Helu den Fürsten an. "Fürst Mab, ich wähnte dich schon wieder in deinem vom stürmischen Meer umgebenem Land. Nun, was verschafft uns, wie sagen die Römer in ihren Arenen immer "Todgeweihten", die Ehre deines Besuchs?" Dabei hatte Helu sein Schwert vom Gürtel gelöst und setzte sich, sein Schwert über die Knie legend, nieder. Dem Elbenfürsten einen Stuhl anbietend, sah er Mab mit gespannter Miene ins Gesicht. Nur wer genau hingesehen hatte, erkannte den unwilligen Ausdruck in den Augen des Elben, als dieser die Tote im Zelt bemerkte. Aber so schnell der Ausdruck aufgetreten war, so schnell war er auch aus den Augen des Elben wieder verschwunden. Lächelnd antwortete Mab "Nicht die Römer sagen es "Todgeweihten" in den Arenen, sondern die Gladiatoren und die sind in den seltensten Fällen Römer. Aber ich bin nicht zu dir gekommen, um über die Ausdrucksweisen der Römer mit dir zu streiten. Nein, ich bin zu dir gekommen, um deinem Volk nochmals die Hilfe meines Volkes anzubieten." Prüfend sah Helu seinem Gegenüber ins Gesicht. Dabei sprach er leise vor sich "nicht mir u n d meinem Volk, sondern nur meinem Volk" dann erkannte er den Sinn der Worte. Ja, er hätte wohl nicht anders gehandelt. Auf der kleinen Insel der Elben war Platz für zwei kleine Völker, aber nicht für zwei Fürsten. So schickte er denn alle Anwesenden aus dem Zelt, um mit dem Fürsten der Elben über die Rettung seines Volkes zu verhandeln. Die Verhandlungen dauerten nur kurz. Was für eine Wahl hatte Helu auch. So ließ er schon bald Tristan, Nao, Jeth, Beathaq und den jungen römischen Offizier Fabius ins Zelt rufen. Sich leise unterhaltend empfingen die beiden Fürsten die Gerufenen. Als alle im Zelt des Fürsten versammelt waren, wandte Helu sich den Anwesenden mit zwar ernster Miene zu, ließ sich aber die Niedergeschlagenheit über sein eigenes Schicksal nicht anmerken. "Ihr alle kennt unsere Situation. Ohne Hilfe ist durch den Verrat des Fürsten Tona, unser Volk dem Untergang geweiht. Das Volk der Elben und wir waren uns untereinander nie feindlich gesinnt, aber wir waren auch nie in Freundschaft miteinander verbunden. So verstehen weder der Fürst der Elben noch ich, weshalb seine Götter ihm den Auftrag gaben, unser Volk zu retten. Aber wer kennt schon den Willen der Götter. Warum auch immer, unser Volk ist für die Hilfe sehr dankbar und ich habe in seinem Namen die dargebotene Hand angenommen. Morgen bei Sonnenaufgang treffen Krieger der Elben bei uns ein." Ein erleichtertes hörbares Aufseufzen erfüllte das Zelt. Lächelnd bat Helu um Ruhe. Dann wurde sein Gesicht wieder ernst. "Leider handelt es sich nur um eine kleine Schar Krieger. Die Masse der Elbenkrieger befindet sich noch auf ihrer Insel. Sie werden es nicht mehr schaffen, uns vor der Schlacht mit den Römern zu erreichen. Um unser Volk zu retten, haben Fürst Mab und ich, folgendes beschlossen. Ein Teil unserer Krieger wird mit den verbündeten Elben unter meiner Führung in der folgenden Nacht das Lager der Römer angreifen. Meine Spione haben mir berichtet, die Römer seien sich sicher, dass wir ihnen nicht mehr entkommen können. So planen sie, noch zwei Tage in ihrem Lager zu bleiben, um ihren Soldaten eine Rast zu gönnen. Das lässt uns genügend Zeit, den Angriff vorzubereiten. Ihr anderen werdet unter Führung des Fürsten Mab mit unserem Volk und den Rest unserer Krieger zur Küste eilen. Dort werdet ihr euch unter dem Schutz der Elben einschiffen und ins Land der Elben fahren lassen. Fürst Mab hat mir erklärt, dass er während meiner Abwesenheit für das Wohl unseres Volkes sorgen wird. An der Küste werden dann Nao und Fabius freigelassen." Dabei sah er die beiden freundlich an. "Ich danke euch sehr für den Versuch den Frieden in unserem Land zu bewahren. Mögen die Götter ihre schützende Hand über euch halten. Nun geht und bereitet euch vor."

Die Vorhersage des Fürsten

Als Helu dem Fürsten Mab am folgenden Abend
seine Hand zum Abschied reichte, hatte sich ein
dichter Nebelschleier über das Land gelegt und die
Lichter des Himmels verdunkelt. Nur dem vollen
Mond gelang es hin und wieder, ein wenig den Nebel
zu durchdringen. "Ich danke dir Fürst Mab, dass du
mein Volk vor dem sicheren Untergang rettest. Die
Götter scheinen unserem Plan wohlgesonnen zu sein.
Sie tauchen das Land in Finsternis und bald wird
auch der Mond, verdeckt durch den dichter
werdenden Nebel, das Land nicht mehr erhellen. In
der Dunkelheit wird es uns nicht schwerfallen, dass
Römerlager unbemerkt zu erreichen. Ich denke, wir
können euch und meinem Volk genügend Vorsprung
auf eurem Weg zum Meer verschaffen." Der Fürst
der Elben lächelte, als er Helu antwortete "Sei
unbesorgt Helu, unsere Völker werden auf Eris in
Frieden und Eintracht leben. Ich werde alles in
meiner Macht Stehende tun, um Jeth als deinen
Nachfolger einzusetzen. Die Götter wollen es so. Er
wurde von ihnen bestimmt das Land Britannia den

Römern zu entreißen. Der Verräter Tona wird schon bald seine gerechte Strafe erhalten, das verspreche ich dir." Lächelnd entzog Helu dem Elben seine Hand. "Ich danke dir Fürst. Durch dich weiß ich mein Volk in Sicherheit, meine Nachfolge geklärt und den Verrat des Fürsten Tona an uns gesühnt. So kann ich nun beruhigt meinem letzten Kampf entgegengehen." Helu schaute zum Mond und sah mit Befriedigung wie sein Licht immer mehr vom Nebel verschluckt wurde. Mit einem leichtem Seufzen wandte er sich wieder Mab zu. "Der Nebel wird immer dichter und die Dunkelheit legt sich wie ein schwarzer Mantel über das Land. Taje ist mit seinen Kriegern nun schon eine Weile unterwegs. Hoffentlich gelingt es ihm, die Auffangposten der Römer auf eurem Weg zum Meer zu vernichten." Mab lächelte, als er seine rechte Hand auf Helus linken Unterarm legte. "Er ist jung, aber schon ein listiger Krieger. Dazu hat er noch meine besten Späher bei sich. Er wird seine Aufgabe erfüllen. Ich vertraue ihm ebenso wie Jeth. Man spürt wie wohl sich Jeth im Land seiner Ahnen fühlt. Trotz seiner römischen Erziehung hat es mich nicht gewundert, dass er bei seinem Volk bleiben will. Anders war es bei Nao, die ja immerhin zu einer römischen

Diplomatin aufgestiegen ist und Fabius dem römischen Centurio. Der Römer liebt Nao. Aber ist die Liebe zu einer Keltin genug um ein Kelte zu werden? Aber mache dir darüber keine Sorgen. Wir werden ihn beobachten. Einen erneuten Verrat an deinem Volk werden wir verhindern." Dann drückte er den Arm des Fürsten Helu. "Es wird Zeit, wir müssen fort." Wehmütig schaute Helu dem Elben nach, sah wie er sich an die Spitze der Flüchtenden setzte und mit ihnen in der Dunkelheit langsam seinen Blicken entschwand. Für ihn gab es nur noch eine Aufgabe, die Römer zu schwächen und solange wie möglich an die Verfolgung seines Volkes zu hindern. So murmelte er "Auf zur letzten Tat." Dann ging er zu Tristan und den bei ihm wartenden Kriegern. Jeder dieser Krieger wusste, wenn die Dämmerung des Morgens die Nacht beendet, säßen sie als Helden an der Festtafel des Lugus.

Als die Sonne sich Richtung Norden bewegte und die Abenddämmerung einsetze, war Taje mit zwei Elbenkriegern als Führer und zehn seiner Krieger aufgebrochen. Sein Auftrag war, die römischen

Posten, die ihnen den Weg zur Küste verlegen sollten, zu vernichten. Das dürfte nicht allzu schwer werden. Die Römer wähnten ihre Feinde noch in deren Lager. So fühlten sie sich sicher, waren auf einen Angriff nicht vorbereitet. Zusätzlich hatte er auch noch Fabius zur Unterstützung. Die Römer kannten und vertrauten ihrem Centurio. Dass dieser inzwischen ein Überläufer war, ahnten sie nicht. So war der Überraschungsvorteil auf seiner Seite. Mittlerweile war es völlig dunkel geworden. Die ihnen begleitenden Elben schienen scharfe Augen zu haben, denn auch in der Dunkelheit fanden sie den Weg sicher und umgingen jedes Hindernis. Hätte Taje sie nicht als Führer, würde er den Marsch bis zur Morgendämmerung unterbrechen müssen. Erst dann wären sie in der Lage gewesen, ihre Umgebung vollständig zu erkennen, den Weg sicher zu finden, ohne dabei auf römische Soldaten zu treffen, insbesondere, da sie mittlerweile auf ihrem Weg zur Küste einen dichten Mischwald mit hohen Eichen und Buchen durchqueren mussten. Die Baumkronen spannten sich wie ein Dach über den feuchten mit Pilzen und totem Holz übersäten Waldboden. Das Licht der Sonne erreichte den Grund des Waldes nicht. Die Luft im Wald war feucht und ständig tropfte Wasser von den Bäumen. Bald waren ihre Umhänge völlig durchnässt. Kälte ergriff ihre Körper und ließ sie frieren. Ein wärmendes Feuer wäre eine Wohltat. Aber Taje ließ sie nicht lagern. Es wäre auch nirgends trockenes Holz für ein Feuer zu finden gewesen und lagern im feuchten Wald nicht sinnvoll. Er wollte schnell eine große Strecke zwischen ihnen und ihrem sich auf der Flucht befindlichem Volk nach im Hinterhalt lauernden Römern absuchen. Die Späher der Elben machten es ihm möglich, auch in der Nacht weiterzugehen. Nach Anbruch der Dunkelheit hatten die Elbenkrieger die Innenseite ihrer Mäntel nach außen gekehrt. Waren sie vorher in weiß gekleidet, so sahen ihre Begleiter mit Erstaunen, dass ihre Körper vollständig von schwarzen Umhängen verhüllt waren. Ihre hellen Haare und Gesichter bedeckten sie mit einer schwarzen Haube und ihre weißen Hände mit schwarzen Tüchern. Nun sah man von ihnen nur noch ihre weißen Speere, Bögen und Pfeile. Von den Elbenkriegern selbst war selbst aus der Nähe nichts mehr zu erkennen. Die wie von Geisterhand durch den Wald streifenden Waffen mussten für jeden, der sie so sah, eine unheimliche Begegnung darstellen. Allmählich wurde der Wald lichter und die

Feuchtigkeit im Wald geringer. Der Waldboden war jetzt trocken und die Füße fanden endlich wieder festen Halt. Jetzt kamen sie schneller voran.

Plötzlich sah Taje, wie die "Waffen" vor ihnen stoppten. Jetzt bemerkte auch der junge Krieger den Grund ihres Halts: Der Geruch von Rauch. Vor ihnen brannten Feuer.

Vor ihrem Angriff auf das römische Feldlager versammelte Helu seine Offiziere und den Offizier der Elben um sich. Die Dämmerung war noch nicht weit genug fortgeschritten und das noch schwache Mondlicht ließ den Fürsten die angespannten Gesichter seiner Offiziere deutlich erkennen. So dachte er - Sie wissen, dass sie die Morgensonne nicht mehr sehen werden. Wie kann ich es ihnen verdenken, dass auch tapfere Krieger wie sie nie restlos ihre Furcht unterdrücken können. Nur das Gesicht des Elben ist vollkommen reglos. Ich möchte zu gerne wissen, ob auch er Furcht kennt. Mit einem aufmunternden Lächeln kehrte Helu in die Wirklichkeit zurück und sagte zu den Kriegern "Der Plan für unseren Angriff ist einfach. Um unserem

Volk auf seiner Flucht zur Küste einen möglichst großen Vorsprung zu verschaffen, ist es wichtig, die Römer lange in ihrem Lager festzusetzen und sie an einer schnellen Verfolgung unseres Volkes zu hindern. Durch unsere Spione wissen wir, dass das Lager der Römer, für sie ganz unüblich, nur leicht befestigt ist. Jedes Pferd kann die Befestigung auch aus dem Lager heraus leicht überwinden. Die Römer aufzuhalten und ihnen nur eine langsame Verfolgung unseres Volkes zu ermöglichen, darauf zielt mein Plan. Wir werden uns dem Lager auf zweihundert Fuß nähern. Das sollte uns bei dem Nebel, der Dunkelheit und der Sorglosigkeit der Römer nicht schwerfallen." Dann sah er den Elbenkrieger an. Wenn wir unsere Stellungen erreicht haben, wirst du dich mit deinen Kriegern ins Lager der Römer schleichen und ihnen die Pferde stehlen. Dann verlasst ihr das Lager und sichert als Nachhut den Zug meines Volkes zum Meer. Sobald die Römer den Diebstahl ihrer Pferde bemerken, greifen wir anderen das Lager an." Dann wandte er sich seinem Feldherrn zu. "Tristan, du bleibst mit den Bogenschützen in der Stellung und belegst das Lager mit Brandpfeilen. Sobald ihr zweimal das Lager mit Pfeilen belegt habt, gebt ihr die Stellung auf. Den

Rest der Pfeile benötigt ihr für die ständigen Überfälle auf die Römer aus den Tiefen der Wälder. Damit verlangsamt ihr ebenso wie der Diebstahl ihrer Pferde durch die Elben die Verfolgung unseres Volkes durch die Römer. Wir anderen dringen in das Römerlager ein und vernichten so viel von ihrer Ausrüstung wie möglich." Helu bemerkte, dass Tristan etwas sagen wollte und sagte "Tristan, mein treuer Gefährte, ich kenne dich zu gut, um nicht zu wissen das du den Angriff hinein ins Römerlager führen möchtest. Aber es ist wichtig, dass außer den Elben auf den gestohlenen Pferden auch du den Rückzug unseres Volkes decken musst. In dem Gelände können es Reiter nur unzureichend. Mit Angriffen aus den dichten Wäldern möchte ich das Tempo der Römer weiter verlangsamen. Das geht nur zu Fuß im Nahkampf und nicht durch Reiter. Ich denke, jeder kennt nun seinen Platz in dem bevorstehenden Kampf.

Gehen wir."

Wie Helu es vorhergesagt hatte, stießen sie bei der Umzingelung des Römerlagers auf keinen Widerstand. Hier lösten sich die Elbenkrieger von ihren Verbündeten und schlichen wie Katzen auf das feindliche Lager zu. Dabei war auch nicht das leiseste Geräusch zu hören. Helu fröstelte, als er daran dachte, wie es den unglücklichen römischen Pferdewächtern ergehen würde. Diese hatten nicht die geringste Gelegenheit, sich zu verteidigen. Hinter ihnen würde sich ein lautloser Schatten erheben und ein kurzer Schmerz war alles, was ein jeder von ihnen am Ende seines Lebens spüren würde. Es war noch keine halbe Hora vergangen, als die Belagerer sahen, wie plötzlich Feuerpunkte den Himmel erleuchteten und dann mit einem Zischen zurück zur Erde stürzten. Jede dieser Flammen traf ein Ziel. Da gingen Zelte, Kampfwagen und Wurfmaschinen in Flammen auf. So plötzlich wie die fliegenden Flammen erschienen waren, waren sie auch wieder verschwunden. Dann drang Hufschlag aus dem Lager und entfernte sich schnell. Vom Feuer im Lager der Römer völlig überrascht rief Helu seinem Feldherrn zu "Tristan, ich denke die Elben haben das Lager mit Brandpfeilen angegriffen und sind dann auf den Pferden der Römer entkommen! Für den Angriff hatten sie keinen Befehl. Aber da sie ihren Auftrag, den Großteil der Pferde zu stehlen erfolgreich durchgeführt haben, ist das nicht weiter wichtig. Ganz im Gegenteil. Siehst du die

Verwirrung im Lager. Es brennt noch immer. Die Flammen schlagen so hoch, dass wir alles deutlich erkennen können, die Römer aber vom Feuer geblendet sind. Da schon Vieles brennt, brauchen wir die Brandpfeile nicht mehr. Sie würden nur unsere Position verraten. Beschießt das Lager ohne Brandpfeile und zielt, soweit eure Sicht ins brennende Lager es zulässt, auf die Soldaten und die verbliebenen Pferde. Das wird ihre Verwirrung weiter erhöhen. So sollte es mir mit meinen Kriegern nicht schwerfallen, uns unbemerkt dem Lager noch weiter zu nähern. Sobald du dich mit den Bogenschützen zurückziehst, stoßt dreimal in die Carnyx. Dann greife ich mit meinen Kriegern das Lager an.

Der letzte Kampf des Fürsten

Über so viel Dummheit der römischen Posten
schüttelte Taje den Kopf. Wie konnte man als
Auffangposten ein Feuer entzünden und dann noch
eines, das so viel Rauch entwickelte. Damit verrieten
sie jedem Gegner schon aus weiter Entfernung ihre
Anwesenheit. Auch wenn sie vom Beginn der
Schlacht noch nichts wissen konnten, mussten die
Posten doch immer damit rechnen, dass
umherstreifende feindliche Krieger sie entdeckten.
So war es dann auch gekommen. Keiner dieser
Unvorsichtigen würde noch seinen Auftrag erfüllen.
Sie würden keine flüchtenden Kelten mehr ergreifen,
töten oder zu ihren Sklaven machen können. Lange
musste Taje nicht warten, bis einer der Elbenkrieger
zu ihm kam. Taje sah ihn erst, als der Krieger fünf
Fuß entfernt vor ihm stand. Gehört hatte Taje ihn
nicht. Bewundernd stellte der junge Krieger fest, so
muss es für eine Maus sein, wenn sie von einer
Katze gejagt wird. Mit unbeweglicher Miene sagte
der Krieger der Elben zu ihm "Folgt mir." Was Taje

und seine Krieger an dem noch immer brennendem Feuer sahen, ließ sie frösteln. Auf dem Lagerplatz rund um das Feuer verteilt lagen fünf Legionäre. Ohne dass die wartenden Kelten auch nur das leiseste Geräusch vernommen hatten, war es den zwei Elbenkrieger gelungen, die Legionäre mit ihren Messern zu töten. Ihre Pfeile hatten sie nicht benutzt. Das zeigten ihm die deutlichen Halswunden der Feinde. Um möglichst nachfolgenden Römern keinen Hinweis auf ihre Anwesenheit zu liefern, begruben sie die Römer mit ihrer Ausrüstung und verwischten so gut es ihnen in der Dunkelheit möglich war, die Spuren des Lagerplatzes. Dabei waren ihnen die scharfen Augen der Elben eine große Hilfe. Auch wenn die Waffen der Römer hochwertiger als ihre eigenen und so als Beute immer willkommen waren, nahmen sie diese nicht an sich, sondern vergruben sie mit den Toten. Als so kleine Gruppe mussten sie besonders mit einer Gefangennahme durch die Römer rechnen. Sie wussten das ihnen das Kreuz sicher war, wenn sie den Römern mit den Waffen der Legionäre in die Hände fielen. Nach einer kurzen Rast setzten sie unter Führung der Elbenkrieger ihren Weg fort.

Die Krieger des Fürsten Mab hatten im Lager der Legion ganze Arbeit geleistet. Zwar war es ihnen nicht gelungen sämtliche Pferde der Römer zu stehlen, dafür aber viele weitere Pferde durch ihr gelegtes Feuer so zu erschrecken, dass sich eine nicht unbeträchtliche Anzahl von Pferden losgerissen hatte und nun in Panik durch das brennende Lager stürmte. Dabei zerstörten sie viel der bisher vom Feuer verschonten Ausrüstung der Legion. Selbst der erfahrene Maximus brauchte eine Weile, um sich von seiner Erstarrung zu erholen. Dann aber riss er das Geschehen wieder an sich. Schnell hatten er und seine Offiziere die Soldaten zur Bekämpfung des Brandes und zum Einfangen der noch im Lager befindlichen Pferde eingeteilt. Auch die Sicherung des Lagers vergaß er nicht. Eben wollte er seinen Offizieren dafür die nötigen Befehle erteilen, als ein lautes Rauschen über dem Lager ertönte. Ein Sprung unter einen in seiner Nähe stehenden Kampfwagen rettete ihm das Leben. Sein vorher ausgestoßener Warnruf "Vorsicht, Pfeile!" kam indes für viele seiner Offiziere und Legionäre zu spät. Diese Bedauernswerten hörten und sahen zum Ende ihres Lebens ein Rauschen in der Luft und einen

Pfeilregen vom Himmel auf sich zu stürzen. Der Großteil der Legionäre aber hatte Glück, sie fanden wie ihr Legat Schutz vor den Pfeilen oder wurden nicht getroffen. Aus ihrer Deckung hinaus konnten sie noch nicht. Denn ein zweiter Pfeilhagel ging auf das Lager nieder. Einige Legionäre, die noch keine Deckung gefunden hatten, entkamen ihm nicht. So plötzlich wie das Rauschen in der Luft begonnen hatte, hörte es auch auf. Ruhe fanden die Legionäre aber nicht. Denn jetzt erreichte das Lager ein unbeschreibliches Geheul aus vielen Kehlen. Unbeeindruckt davon hatten Maximus und seine Offiziere keine Mühe, die erfahrenen Legionäre für den bevorstehenden Kampf aufzustellen. Es war keine Minute zu früh. Schon stürmten die ersten ihrer Feinde ins Lager.

Ein wenig weiter nördlich hatten Marcus und Odius mit ihrer Turmae endlich einen Lagerplatz gefunden. Direkt am Waldrand schob sich eine u-förmige Lichtung in den Wald sie war groß genug, um seinen drei Reiterabteilungen Platz für die Nacht zu bieten. Eine Abteilung seiner Turmae hatte Marcus bereits zum Antoninuswall vorausgesandt. Sie sollte dort eventuell schon eintreffende Kelten gefangen nehmen. Da der Centurio hinter sich Maximus mit einem Teil der Legion und vor sich die verbündeten Caledonier wähnte, verzichtete er auf eine Befestigung ihres Lagerplatzes und stellte nur einige wenige Wachen auf. Von den Vorgängen im Norden hinter dem Antoninuswall ahnte er genau wie Maximus nichts. Dort hatte ein Umsturz den Fürsten Tona entmachtet. Der Fürst war nie besonders beliebt bei seinem Volk gewesen. Die Verbannung ihres Druiden und besonders der Verrat an ihren, wenn auch nicht immer beliebten Vettern im Süden, kosteten ihn den letzten Rest an Sympathie in seinem Volk. Sein General Galahad und die Zauberin Beathag hatten den Aufruhr angeführt. So segelte nun Tona, wie vorher sein Druide, als Ausgestossener über eine tückische und stürmische See seinem Verbannungsort entgegen. Währenddessen machten sich hunderte caledonische Krieger in zwei Abteilungen getrennt unter ihren Generälen Galahad und Erin auf in den Süden, um ihren bedrängten Vettern zu helfen. Von ihren Spähern wussten die beiden Generäle, dass vier Reiterabteilungen auf dem Weg zum Antoninuswall waren und der römische Legat Maximus den Fürsten Helu verfolgte. Galahad hatte entschieden, dass Erin sich den Reiterabteilungen entgegenstellen sollte, während er selbst dem Fürsten Helu zur Hilfe eilen wollte. Erin hatte nur wenige berittene Krieger, die ihn unterstützen konnten. So war es ihm bewusst, dass er beim Kampf gegen die erfahrene römische Kavallerie hohe Verluste oder schlimmstenfalls eine Niederlage erleiden würde. Es sei denn, eine List würde ihm zum Sieg verhelfen. Er hatte seine Siege oftmals mittels einer List erreicht. Diese, die er nun gegen die Feinde anzuwenden gedachte gefiel ihm so ganz und gar nicht. Eigentlich war es keine List, sondern Verrat. Mit einem Seufzer verdrängte er seine dunklen Gedanken und wandte sich seiner Aufgabe zu. Er musste nicht lange warten, als ihm ein Späher die Ankunft einer römische Reiterabteilung unter Führung eines Decurios, meldete. Der Decurio, der annahm sich einem Verbündeten zu nähern, ließ alle Vorsicht fahren und ritt mit seinen Legionären auf Erin zu. Dabei regte sich in ihm keinerlei Misstrauen, als die Caledonier einen Ring um seine Abteilung bildeten. Erin hatte seine Krieger so postiert, dass die den Reitern am nächsten stehenden mit einer Lanze bewaffnet waren. Nachdem der Ring geschlossen war, wurden die römischen Reiter vom Angriff völlig überrascht. Schon die erste Attacke tötete die Hälfte der Legionäre. Diese starben durch einen gezielt geführten Lanzenstoß vom neben ihm stehenden Caledonier. Die von der ersten Attacke überlebenden Reiter ließen ihre Pferde hochsteigen und trieben sie nach vorne. So versuchten sie der Umzingelung zu entkommen. Einige benutzten ihre kurzen Wurfspeere als Stichwaffen. Es war eine Verzweiflungstat. Diese Waffen waren in dem Nahkampf ebenso wie ihre Langschwerter völlig ungeeignet. So dauerte der Kampf nur kurz und die Todesschreie der Verratenen und ihrer Pferde verstummten schon bald. Keiner der Reiter überlebte den Kampf. Für die noch lebenden Pferde wählte Erin je einen Krieger aus. So wuchs seine Reiterei zu einer kleinen Kavallerie. Wenn diese auch nicht gegen die gut ausgebildeten römischen Reiter bestehen würde, als schnelle Boten zwischen den Einheiten der Caledonier und als Flankenschutz waren sie jedenfalls gut geeignet. Die römische Ausrüstung war für seine Krieger zwar ungewohnt, aber als Beute hochwillkommen. Der Kampf und die Verteilung der Beute waren beendet, als die

Dämmerung sich über das Land legte. Ein Weitermarschieren in der Dunkelheit erschien ihm zu gefährlich. Er konnte nicht sicher sein, ob nicht schon zu einzelnen römischen Truppenteilen die Kunde über die Auflösung ihres Bündnisses gelangt war. Wie leicht konnten sie über römische Posten stolpern und so ihre Anwesenheit verraten. So wollte er eben seinen Entschluss hier, in einigem Abstand zu den gefallenen Legionären, zu lagern und die Dämmerung des Morgens für den Weitermarsch abzuwarten seinen Kriegern mitteilen, als ihm ein Bote gemeldet wurde. Der Bote war völlig erschöpft und mit schwankenden Schritten trat er auf Erin zu. Als er den Feldherrn erreichte, hielt er sich nicht mit Begrüßungsfloskeln auf, sondern begann seinen durch tiefes Einatmen immer wieder unterbrochenen Bericht. "Feldherr Galahad schickt mich zu euch. Zwei horae von hier lagern drei römische Reiterabteilungen an einem Waldrand. Der hinter ihrem Lagerplatz liegende Wald ist sehr dicht. Mit ihren Pferden können sie dort nicht durch. Sie lagern auf einer hufeisenförmigen Lichtung. Die Römer sind auf drei Seiten von undurchdringlichem Wald umgeben. Mein Feldherr möchte, dass du sie vernichtest. In der Nähe warten einige Späher von uns, die die Römer beobachten. Ich führe dich zu ihnen. Sie werden dir eine genaue Lagebeschreibung geben und dich dann in die Nähe der Römer führen." Erin sah dem Boten in die Augen. "Sonst hat dir unser Feldherr keine weiteren Befehle erteilt?" Der Bote schüttelte den Kopf. "Nein, nur dass du die Reiter vernichten sollst. Er möchte keine Römer auf seinen Weg nach Süden in seinem Rücken haben." Den Mund zusammenkneifend und leicht nickend antwortete er "Das ist doch ein weiterer Befehl. Gut, so soll es sein. Er wird keinen Römer auf seinem Vormarsch in seinem Rücken haben. Lass dir etwas zu essen und trinken geben. Beeile dich dabei, denn wir brechen sofort auf." Dann wandte er sich seinem Befehlshaber der Kavallerie zu. "Wir müssen uns sehr leise den Römern nähern. Das geht mit den Pferden nicht. Begleitet uns, bis wir eine halbe horae Fußmarsch vom Lager der Römer entfernt sind. Bis dahin schützt unsere Flanken. Dann teilt euch in Gruppen zu fünft auf und durchsucht nach unserem Angriff das umliegende Land nach fliehenden Legionären. Vernichtet sie! Solltet ihr auf größere Reitergruppen treffen, versperrt ihnen den Weg nach Süden. Dabei lasst es nicht zu einem offenen Kampf mit ihnen kommen. Ihr seid nicht erfahren genug, um euch auf einen offenen Kampf mit berittenen Römern einzulassen. Versucht sie aus dem Hinterhalt mit gut geführten Attacken zu schwächen. Die Römer sind nirgendwo in Sicherheit. Sie sind durch Feinde und die Meere jetzt so eingekesselt wie vorher unsere keltischen Vettern. Zu ihren Einheiten in den Süden können sie auch nicht. Dort versperrt ihnen Galahad mit seinen Kriegern den Weg. Also werden sie uns irgendwann in die Hände fallen. Als er sah, dass seine Krieger zum Aufbruch bereit waren, rief er ihnen zu "Kommt brechen wir auf! Lasst uns noch mehr Pferde erbeuten! Die Legionäre und ihre Ausrüstung gehören euch, die Pferde unserem Volk!"

Weiter im Süden, im Lager des Maximus herrschte das reinste Chaos. Noch immer beleuchteten Flammen von brennender Ausrüstung das Lager. Erst allmählich erholten sich die Römer vom Schock des so gänzlich unerwarteten Angriffs. Der Pfeilregen hatte aufgehört und so konnten die Legionäre ihre Deckungen verlassen. Sie verfügten zwar nicht mehr über ihre schweren Waffen diese waren verbrannt oder brannten immer noch. In diesem Nahkampf waren sie auch völlig nutzlos. Aber sie hatten ja noch immer ihre kurzen Schwerter - das Gladius. Dieses Schwert war es, das jetzt im Nahkampf mit den Kelten die Entscheidung brachte. Im Gebrauch dieser Waffe waren sie so geübt, dass sie langsam die Überhand in dem tobenden Kampf erlangten. Selbst im Getümmel der Schlacht sah Helu wie immer mehr seiner Krieger unter den Schwerthieben der Römer fielen. Der Lärm der aufeinander treffenden Waffen konnte nicht verhindern, dass die Schreie der Verwundeten oder tödlich getroffenen Krieger das Schlachtfeld erfüllten. Von den noch lebenden Kelten war keiner mehr, der nicht aus einer oder mehreren Wunden blutete. Auch Helu hatte eine tiefe Wunde in seinem rechten Oberarm. So hatte er das Schwert in die linke Hand genommen und bereute nun zutiefst, nie den Schwertkampf mit dieser Hand geübt zu haben. Schmerzen verursachte ihm die Wunde nicht. Der Kampf gegen immer mehr sich ihm zuwendende Legionären erforderte seine ganze Konzentration und ließ ein Schmerzempfinden nicht zu. Die Art, wie sie auf ihn eindrangen, ließ ihn erkennen, sie wollten ihn lebend. Die Bogenschützen, die ihre Pfeile auf ihn richteten, bemerkte er ebenso wenig wie das Rauschen der heranfliegenden Pfeile. Die Einschläge der Pfeile in der linken Schulter und in beiden Oberschenkeln ließen ihn den Schmerz erst spüren als die Beine ihn nicht mehr tragen konnten. Das Schwert entglitt seiner linken Hand. Langsam sank er auf die Knie. Mühsam hob er sein Schwert auf. Schwindel erfasste ihn und das Blut rauschte durch seinen Kopf. Plötzlich waren die Schmerzen seiner Wunden verschwunden. Sein vor Erschöpfung verschwommener Blick wurde wieder klar. Nun erst vernahm er sie, die Stille nach der Schlacht. Nur das Knistern noch leicht brennender Feuer und das Stöhnen der Verwundeten drang an sein Ohr. Niemand seiner Krieger kam ihm zu Hilfe und der Klang, wenn Eisen auf Eisen schlug, war verstummt. Die Römer hatten gesiegt! Aber, dass es so kommen würde, war ihm und auch seinen Kriegern schon vor Beginn der Schlacht bewusst gewesen. Stolz sah er in die Gesichter der um ihn stehenden Legionäre. In einigen konnte er den Respekt, den sie ihm wegen seines tapferen Kampfes gegen ihre Übermacht zollten, erkennen. Plötzlich entstand eine Lücke im Kreis der Legionäre und die noch eben respektvollen Züge der Soldaten verschwanden aus ihren Gesichtern. Durch diese Öffnung trat er, Maximus der Legat und des Fürsten größter Widersacher. Der Römer betrachtete den vor ihm knienden Feind und lächelte ihn voller Hohn an. "Ich habe dich vollkommen überschätzt Barbar. Wie konntest du annehmen, dass du mit deinen wenigen Kriegern meine Legion besiegen kannst? Eigentlich wollte ich dich mit nach Rom nehmen und dem Volk im Circus präsentieren. Aber das adelt mich nicht. Es ist kein heldenhafter Sieg für eine Legion, eine Handvoll Barbaren zu bezwingen. Auch dein Volk wird Rom nicht sehen. Wir werden es in den Bergwerken deines Landes arbeiten lassen. Ich bin überzeugt sie werden mir freudig die Bodenschätze ihres Landes bringen. Schließlich erspart es ihnen den sicheren Tod durch die Raubtiere im Circus von Rom. Ja, deswegen sind wir hier, dein Land birgt Schätze und die holen wir uns jetzt. Deine Krieger haben Glück. Sie sind alle tot und so der Sklaverei entgangen. Auch du wirst kein Sklave sein." Dabei trat der Legat vor und stach sein Schwert tief in den Bauch des Fürsten. Langsam sank Helu in die Knie, kein Laut kam über seine Lippen. Ein Blutfaden entrann seinem Mund, als er mit letzter Kraft seiner Stimme einen festen Ton gab. "Deine Worte zeigen mir Römer, dass auch ich dich völlig überschätzt habe.

Dein Sieg bringt dir kein Glück. Mein Volk wird dir niemals dienen!" Trotz der Schmerzen, die seinen Körper zu zerreißen schienen, lächelte der Fürst sein Gegenüber an. Dann sah Maximus wie die Augen seines Feindes brachen. Als er langsam sein Schwert zurückzog, murmelte er "Dich leben zu lassen, hieße ständig Aufstände bekämpfen zu müssen." Maximus ahnte nicht, dass die gefallenen Keltenkrieger von dieser Stunde an unsterbliche Helden ihres Volkes wurden, während sein Untergang langsam voranschritt. Sich vom toten Fürsten abwendend, wandte er sich seinen Offizieren zu. "Seht nach, was an Ausrüstung vom Feuer verschont wurde und stellt es zusammen. Versorgt unsere Verwundeten und begrabt unsere Toten. Tötet noch lebende Feinde und lasst sie liegen. Die Tiere des Waldes werden sich ihrer annehmen. Ich will keine Stelle, die den Kelten als Gedenkstätte für ihren Fürsten dienen könnte. Daher werft den Fürsten unseren Kampfhunden vor, sie werden die Leiche zerstückeln. Morgen früh brechen wir auf, um uns Sklaven für unsere Bergwerke zu fangen." Bevor er sich zu seinem Zelt begab, warf er noch einen letzten höhnischen Blick auf die Leiche des keltischen Fürsten, nicht ahnend, was die letzten Worte des Fürsten für ihn und seine Zukunft bedeuteten.

Julius Severus

Tief unten im Süden hinter dem Hadrianswall ritt der
mittlerweile zum Senator von Rom aufgestiegene
Feldherr Julius Severus mit seiner Eskorte auf Parisi,
der Garnisonsstadt der Rabenlegion, zu. Die Ankunft
des Senators war Weco, dem Berater des Maximus,
schon seit einiger Zeit durch Boten mitgeteilt
worden. So empfing er den hohen Gast bei
strahlendem Sonnenschein in einiger Entfernung vor
der Stadt. Keine Wolke am Himmel trübte den hellen
Tag. Das für den Senator angetretene
Empfangskomitee bestand aus den ehrenhaftesten
Bürgern Parisis und einer Anzahl römischer
Offiziere mit ihren Legionären. Auf den blank
geputzten Rüstungen und Waffen der angetretenen
Legionäre spiegelte sich die Sonne und ließ so
manchen Betrachter der Ehrengarde geblendet die
Augen schließen. Nicht nur die römischen Bürger
Parisis, auch die keltischen hatten zu Ehren des
Senators ihre kostbarsten Tunikas angezogen und
eilten in ihren von Sklaven getragenen Sänften dem
Senator entgegen. Wie würde das Empfangskomitee

erst aussehen, wenn der Imperator selbst der Stadt seine Aufwartung machen würde. Als die Abgesandten der Stadt den Senator erreichten, setzten die Sklaven die Sänften ab und die ehrenwerten Bürger stiegen aus, um stehend den hohen Gast zu empfangen. Die berittenen Offiziere aus Parisi schlossen sich mit ihren Legionären sofort dem Geleitschutz des Senators an. Nur der ranghöchste Offizier der Garnisonsstadt ritt auf den Senator zu, um ihm das Empfangskomitee zu melden. Diese Ehre ließ ihn ein wenig seinen Ärger vergessen, dass der Legat bei seinem Aufbruch hinter dem Hadrianswall, einen Zivilisten und noch dazu einen ehemaligen Sklaven, ihm dem ranghöchsten Offizier der Garnison, zur Seite gestellt hatte. Mit einem Nicken bedankte sich Julius Severus für die Meldung bei dem Offizier, um sich dann dem etwas abseits stehenden Weco zu zuwenden. Der Senator hatte Weco dem damals noch jungen Maximus als Lehrer zugewiesen. Aus dieser Zeit schätzte er den Griechen besonders wegen seiner Klug- und Besonnenheit sehr. Bei Weco angekommen, stieg er vom Pferd und begrüßte, ganz im Gegensatz zum Protokoll, den Berater des Legaten mit einer herzlichen Umarmung. "Mein kluger Grieche, ich habe gehört das Maximus endlich meinem Rat gefolgt ist und dafür gesorgt hat, dass du ein freier Römer wurdest." Leise, so dass nur Weco ihn hören konnte fügte er hinzu "Warum aber empfängt mich der Befehlshaber nicht persönlich?" Den Kopf leicht gebeugt antwortete ihm Weco ebenso leise "Der Legat ist nicht in Parisi. Eure Ankunft wurde ihm nicht gemeldet. So kommt es, dass es ihm sicher zu seinem tiefsten Bedauern, nicht möglich ist euch zu empfangen. Ich habe aber schon Boten ausgesandt ihm eure Ankunft mitzuteilen. Ich hoffe, dass der Legat in einigen Tagen zurück ist, um euch zu begrüßen." Mit skeptischem Blick sah der Senator seinen Freund an. Dann antwortete er mit einem spöttischen Blick, der nichts Gutes verhieß "Sicher zu seinem tiefsten Bedauern?" Weco wollte eben antworten, als der Senator den Griechen mit einem unwilligen Gesichtsausdruck und wegwerfender Handbewegung bedeutete, sich die Antwort zu sparen. Dann fasste der Senator den Griechen am Unterarm und sagte "So lass uns in das Haus des Maximus gehen. Wenn die mir zugetragenen Berichte über die Lage am Wall stimmen, haben wir viel zu besprechen." Im Arbeitsraum des Maximus ließ sich der Senator mit einem Ächzen auf den Stuhl des Legaten fallen. Ganz im Gegensatz zu vielen seiner Senatskollegen, deren Körperumfänge seit ihrer Berufung in den Senat von Jahr zu Jahr umfangreicher wurden, sah man ihm keine Müßigkeit an. Seine Größe von fast sechs Fuß und sein schlanker kräftiger Körper, ließen noch immer den Krieger in ihm erkennen. Nur sein schlohweißes Haar und einige tiefe Falten in seinem Gesicht zeigten, dass auch an ihm das Alter zehrte. Wenn auch unwillig, aber seit einiger Zeit musste er sich eingestehen, dass eine lange Reise auch ihn ermüdete. Mit einer Handbewegung bat er Weco sich ihm gegenüberzusetzen. Dann sah er den Griechen eine Weile mit ernster Miene stumm an. Weco kam diese Zeit wie eine Ewigkeit vor. Nur mit Mühe gelang es ihm seine innere Erregung zu unterdrücken. Endlich begann der Senator das Gespräch "Nun mein Freund, wo ist der Legat und was sind seine Pläne? Bevor du antwortest, denke daran, du sprichst mit einem Senator Roms. Also mit Rom! Ich will dir damit sagen, nicht ich frage dich, sondern Rom." Weco befand sich in einem inneren Kampf. Er ahnte, dass dem Senator die Pläne des Legaten nicht gefielen. Seine seit dessen Ankunft gehegten Befürchtungen bewahrheiteten sich. Er musste dem Senator über die Handlungen des Legaten berichten. Wie viel lieber wäre es ihm gewesen, dass der Legat das selber übernommen hätte. Ihm war bewusst, dass der Senator vom Eindringen der Legion in die Wälder des Nordens wusste. Dafür würden schon seine Spione gesorgt haben. Aber wie viel wusste er? Das ernste Gesicht des Senators ließ ihn immer mehr ahnen, dass der Einfall der Legion in den Norden Britanniens von Rom nicht gutgeheißen wurde, aus welchem Grund auch immer. Schnell wurde ihm klar, er hatte keine Wahl, er musste dem Senator den Plan des Legaten darlegen und hoffen, dass bei dem Vorteil für Rom, den dieser Plan außer dem Ehrgeiz des Legaten enthielt, der Senator diesen nachträglich billigen würde. Der hohe Gast aus Rom hörte den Griechen ruhig an, dabei unterbrach er ihn nicht einmal. Als Weco seinen Bericht beendet hatte, stand der Senator auf, ging zum Fenster und schaute mit hinter dem Rücken verschränkten Händen eine Weile schweigend ins Land hinaus. Nur die Finger seiner ineinander gefalteten Hände bewegten sich unruhig und ließen Weco die Anspannung des Senators erkennen. Dann drehte er sich um und sah Weco mit ernster Miene an. "Ich danke dir für den Bericht. Sei gewiss, dass meiste war mir bereits bekannt. Nicht nur deshalb weil sich ein Feldzug nicht geheim halten lässt, sondern auch durch meine Begegnung mit zwei Elben die einen verwundeten Legionär mit sich führten. Bis dahin habe ich nie recht an die Existenz dieses Volkes geglaubt. Ich hielt Geschichten über das Volk der Elben immer für Fantasie. Jetzt, nachdem ich sie getroffen habe, hoffe ich sie zu unseren Verbündeten machen zu können. Aus diesem Grund und um ihre Lebensweise besser kennen zu lernen, habe ich sie gebeten ihren Schützling als Botschafter Roms anzuerkennen und mit in ihr Land zu nehmen. Sie waren erst damit einverstanden, als ich ihnen gesagt habe, dass Rom den Legaten für sein eigenmächtige Handeln bestrafen wird, zumindest bis zur Entscheidung durch die Ältesten ihres Volkes. Ich sehe es deinem Gesicht an Weco, keine Sorge der Soldat ist recht intelligent. Er wird seine Aufgabe schon mit Leidenschaft erfüllen. Vor allem, da es ihm die Beförderung zum Centurio einbrachte. Was mir noch fehlte, war der Grund für das Handeln des Legaten. Ich habe nicht gedacht, dass Maximus seine Interessen über die Roms stellt. Denn das tut er, sonst hätte er sein Handeln mit Rom abgesprochen.

Du und ich, haben ihn doch gelehrt, dass in all unserem Handeln an erster Stelle Rom steht. Ich bin von ihm tief enttäuscht. Kraft meines Amtes als Senator von Rom enthebe ich den Legaten Maximus seiner Stellung und all seiner Ränge. Bis zu seiner Verhandlung wegen Hochverrats steht er unter Arrest. Sorge dafür, dass das überall bekannt wird. Schicke einen Offizier mit einer Eskorte in den Norden. Dieser soll Maximus festnehmen und ihn zu mir hier nach Parisi bringen." Dann schrieb der Senator den Befehl, versiegelte ihn und übergab ihn Weco. Mit einem Kopfnicken verließ dieser den Senator. Er hatte den Ausgang fast erreicht, als der Senator ihn zurückrief. "Weco, ich habe es mir anders überlegt. Gib mir den Brief. Ich werde Maximus festnehmen." Dann nahm er den Brief aus der Hand des Griechen, sah ihn mit ausdrucksloser Miene an und sagte "Ich sehe es gefällt dir nicht, dass ich mich den Gefahren im Land der Kelten aussetze. Aber ich denke, wenn ein Senator Roms sich in Feindesland begibt um einen Verräter aus den eigenen Reihen festzunehmen, beruhigt das vielleicht den Gegner. Nun mache Maximus Ablösung als Legaten bekannt und sage der Legion, bis ein neuer Befehlshaber in Parisi eintrifft, übernehme ich das Kommando über die Rabenlegion. Es kann nicht schaden, wenn die Spione des Fürsten Helu das auch erfahren. So greifen sie mich vielleicht nicht an um mich zu töten, sondern nehmen mich gefangen um zu verhandeln. Vielleicht kann ich dadurch, dass ich mich quasi freiwillig in die Hände des Feindes begebe, verlorenes Vertrauen wiederherstellen und so den Plan Roms zum Abbau der Bodenschätze retten. Ja Weco, auch Rom will den Reichtum Britanniens aber ohne einen Eroberungsfeldzug. Nun mein Freund kannst du gehen." Allein im Arbeitsraum des Legaten bedachte der Senator nochmals die Torheit des Maximus. Seit einiger Zeit weiß auch Rom von den Schätzen, die im Boden Britannias lagern. Auch Rom hat vor diese auszubeuten. Nur friedlich und in Zusammenarbeit mit den Kelten. Keinesfalls wollte Rom sich auf Kämpfe mit den Kriegern des Nordens einlassen. Eine Besetzung des Landes würde durch die hohen Kosten und den Tod vieler Römer viel zu teuer. Es würde den zu erwartenden Gewinn erheblich schmälern. Die Möglichkeit, durch Verhandlungen mit den Fürsten des Landes den Abbau der Bodenschätze in friedvoller Weise zu erreichen, war nun wegen des Ehrgeizes und der

Eigenmächtigkeit des Legaten in Gefahr und vielleicht über Jahre vertan. Dafür würde der Legat bezahlen. Für dessen ihm bisher geleisteten treuen Dienste würde er versuchen, vor dem Senat die drohende Todesstrafe in eine lebenslange Verbannung umzuwandeln. Für die Begnadigung des Legaten vor dem Senat kämpfen würde er nicht. Keinesfalls war er gewillt, für die Torheit seines Befehlshabers seinen guten Ruf aufs Spiel zu setzen. Die Todesstrafe in eine Verbannung umzuwandeln, mehr würde er nicht für ihn tun können. Mit einem Seufzer riss er sich von seinen Gedanken los. Dann widmete er sich den von Weco erstellten Unterlagen über die Vorgänge vor und hinter dem Hadrianswall zu.

Das Bündnis

Nachdem Erin sich von seinen Reitern getrennt hatte
und mit den verbliebenen Kriegern zu Fuß auf das
Lager der römischen Reiterabteilung zuschritt, war
die Dämmerung der Nacht gewichen und ein fahler
Mondschein erhellte ein wenig das Land. So war es
für seinen Kundschafter nicht allzu schwer gewesen
ihn zu finden. Mittlerweile aber schoben sich immer
mehr Wolken vor den Mond und das Land versank in
Dunkelheit. Noch während der Feldherr dem Bericht
seines Spähers lauschte, erfüllte ein Rauschen die
Nacht und ließ die Luft vibrieren. Feuerbälle
erhellten den Himmel und stürzten zu Boden. Die
Krieger waren viel zu erfahren, um nicht sofort zu
wissen das abgeschossene Brandpfeile die Ruhe der
Nacht störten. Gedankenschnell gingen sie in die
Hocke, rissen zum Schutz ihre Schilde in die Höhe
und hielten sie über ihre Köpfe. Aber kein Pfeil traf
ihre Schilde oder noch schlimmer ihre Körper. Alle
Brandpfeile steckten dicht vor ihnen im Boden und
ließ sie in ihrem Licht deutlich vom Nachthimmel
abheben. Bevor der junge Feldherr eine

Abwehrmaßnahme ergreifen konnte, sah er wie sich ihm zwei Personen aus der Finsternis näherten. Der im Dunkel der Nacht so gezielt auf sie abgeschossene Pfeilregen hatte den Feldherrn erkennen lassen, wie sinnlos Gegenwehr war. Vor allem, da die Brandpfeile sie für den Feind deutlich erkennen ließ, ihre Gegner aber die Tarnung der Nacht nutzten und sich ihren Blicken entzogen. So stand Erin auf und gab seinen Kriegern ein Zeichen sich ebenfalls zu erheben. Sie waren dem Gegner hilflos ausgeliefert. Insbesondere, da die Pfeile nicht nur vor ihnen im Boden steckten, sondern auch neben und hinter ihnen. Der Gegner hatte sie unbemerkt eingekreist. Insgeheim bewunderte Erin den Gegner dafür, wie es diesem gelungen war von ihnen unbemerkt die Falle zuschnappen zu lassen. Auch wenn es im Schutz der Dunkelheit geschehen war, seine Kundschafter und Reiter hätten den Gegner bemerken müssen. Dafür wurden sie als Vor,- Nachhut und Flankenschutz doch eingesetzt. So etwas durfte nicht geschehen. Sollten sie diese Situation überleben, würde er noch viel Arbeit mit seinen Kriegern haben, damit so ein Fehler nicht noch einmal passierte. Noch während er seinen Gedanken nachhing, hatten die Fremden ihn erreicht.

Bei dem Fackelträger handelte es sich um einen nicht großen, aber stämmigen Krieger. Seine langen roten Haare waren ebenso zerzaust und verklebt wie sein rötlicher Bart. Sie bedurften dringend einer Pflege. Der andere Krieger war groß und von kräftiger Gestalt. Im Gegensatz zu seinem Begleiter trug er sein Haar kurz und war bartlos. "Sehr ungewöhnlich für einen keltischen Krieger", überlegte Erin. Denn dass er ein Kelte und kein Römer war, erkannte Erin sofort an den Gesichtszügen und der Kleidung des Fremden. Der Feldherr bemerkte sehr wohl die Abschätzung seiner Person durch den Ankömmling. Dieser trat ohne Zögern bis auf drei Fuß an ihn heran. Mit einem Lächeln sagte der Fremde "Ich grüße dich Erin. Bitte entschuldige die Art des Empfangs. Aber ich muss dich und deine Krieger bitten die Waffen abzulegen und uns zu begleiten." Erin hob seine Augenbrauen und konnte nicht verhindern sein Gegenüber erstaunt anzusehen. So antwortete er ihm "Wer bist du? Woher kennst du meinen Namen?" Jeth sah ihn lächelnd an. "Ich bin Jeth und führe das Volk des Fürsten Helu in Sicherheit. Mein fackeltragender Freund hier" und er blickte dabei zu seinem Begleiter "kennt dich und nannte mir deinen Namen.

Er war oft als Bote des Fürsten Helu in eurem Dorf."
Jeth hatte bemerkt wie sich sein Gegenüber schon
bei der erstmaligen Nennung des Fürsten Helu
entspannte. Dadurch war er aber noch keinesfalls
beruhigt und so sprach er weiter "Ich hörte die
Caledonier haben ein Bündnis mit den Römern
geschlossen, um gemeinsam mit ihnen unser Land zu
rauben. Wie ihr seht" und dabei zeigte er auf die im
Boden steckenden Pfeile "sind wir nicht wehrlos.
Auch an Waffen mangelt es uns nicht. Wir wollen
aber nicht das Blut unserer Vettern vergießen. Also
legt eure Waffen nieder und ergebt euch. Wir werden
euch unter Bewachung zu unserem Ziel mitnehmen
und dort freilassen. Auf eure Vorhut könnt ihr nicht
mehr zählen, falls ihr das gehofft habt. Leider haben
sie Widerstand geleistet. Wie ist eure
Entscheidung?" Erin hatte die Rede des jungen
Kelten mit keinem Wort unterbrochen. Nun sah er
Jeth an und antwortete "Mit der Vernichtung eines
Teils meiner Reiter habt ihr euch und mir keinen
Gefallen getan. Unser Fürst Tona ist ohne Absprache
mit den Ältesten unseres Volkes das Bündnis mit den
Römern eingegangen. Das war ein schwerer Frevel.
Die Ältesten haben das Bündnis gekündigt und bis
zur Wahl eines neuen Fürsten den Feldherrn Galahad

zum Führer unseres Volkes ernannt. Seine erste Maßnahme war, eurem Fürsten Helu zu Hilfe zu eilen. Ich hoffe inständig das ihm das noch vor der Begegnung eures Volkes mit den Römern gelingt. Wir wurden von Galahad aufgefordert, die hier ganz in der Nähe rastende römische Reiterei zu vernichten und sich ihm danach anzuschließen. Nun weißt du, dass wir keine Feinde mehr sind. Wir haben das gleiche Ziel, die Römer aus dem Land nördlich vom Hadrianswall zu vertreiben. Denn haben sie euer Land erst einmal besetzt, wird sie der Antoninuswall auch nicht aufhalten, um unser Land ebenfalls zu besetzen. Du siehst, wir handeln nicht uneigennützig. Was ich nicht verstehe ist, warum meine Reiter gegen dich gekämpft haben. Sie kannten die neue Lage." Jeth hatte dem Feldherrn aufmerksam zugehört. Seine skeptische Miene änderte sich aber auch bei dessen letzten Worten nicht. So sah er Erin an und antwortete "Ich bin mir nicht sicher, ob ich dir glauben kann, vor allem durch das Verhalten deiner Reiter. Sie hätten uns doch dann niemals angegriffen. Es sei denn, die uns begleitenden Elben hätten sie verwirrt. Aber wie auch immer, wenn du mir die Wahrheit gesagt hast, wird es dich nicht stören, dass mein Begleiter dich und deine Krieger bei der Vernichtung der römischen Reiterei unterstützt." Mit einem Schmunzeln erwiderte Erin "Ich habe Verständnis für dein Misstrauen, daher habe ich nichts gegen die Begleitung deines Kriegers einzuwenden." Zu diesem sagte der Feldherr "So schließe dich meinen Kriegern an." Ohne Jeth weiter zu beachten, gab er seinem Führer einen Wink zur Fortsetzung ihres Weges zur feindlichen römischen Reiterei. Jeth wartete eine kurze Zeit, dann folgten er und eine Anzahl seiner Krieger mit vorausgesandten Spähern den Caledoniern. Es konnte immerhin sein, dass diese ihre Begleitung töteten und ihn dann mit den Römern angreifen würden. Diesen Verrat würde keiner der Caledonier und Römer überleben. Den größten Teil seiner Krieger ließ er mit den Elben unter Führung des Fürsten Mab zum Schutz des Volkes zurück.

Niederlage

Dem Principal Odius gefiel der Lagerplatz so ganz und gar nicht. Zwar bot der trockene Grasboden ein bequemes Lagern und die eng aneinander stehenden Bäume des nahen Waldes schützten sie vor dem kalten nächtlichen Wind der Ebene. Aber genau diese Nähe zum dichten Wald erfüllte ihn mit Sorge. Der Wald war so dicht, dass ein eiliger geordneter Rückzug nicht möglich wäre. Schon gar nicht mit ihren Pferden. Wie leicht konnten sich aus ihm ungesehen Feinde nähern. Umso leichter, da der Tribun Marcus die Errichtung eines Marschlagers für überflüssig hielt. Ihre Kampfhunde bemerkten einen nahenden Feind eigentlich schon von weitem. Aber dafür musste der Wind richtig stehen. Im Augenblick kam er aus der Richtung des Waldes. Aber tat er das auch die ganze Nacht durch? Er hatte seine Bedenken Marcus mitgeteilt, aber der Offizier hatte diese mit einer wegwerfenden Handbewegung und der Bemerkung abgetan, von den Barbaren seien die feindlichen Kelten auf der Flucht und die

Caledonier Verbündete. Warum also die ruhebedürftigen Legionäre mit der Errichtung eines überflüssigen Marschlagers belasten. Wovor würde er sich fürchten? Oder mache ihn sein Alter langsam ängstlich? Nun mochte Marcus denken wie er wollte. Er, Odius, würde den Wald durch Patrouillen die ganze Nacht durchstreifen lassen. So ging er zu den Legionären, wählte fünf von ihnen aus und sandte sie in den Wald. In zwei horae sollten sie zu ihrer Ablösung zurück ins Lager kommen. Hierfür würde ein Signal der Cornu sie ins Lager rufen. Ein fataler Fehler, die Ablösung im Lager zu vollziehen! Später würde darüber gerätselt werden, wie einem so erfahrenen Principal dieser unterlaufen konnte. Auch in die vor ihnen liegende freie Ebene sandte er eine Patrouille mit dem gleichen Auftrag. Marcus der aufgrund der Lage diese Vorsichtsmaßnahme noch immer für überflüssig hielt, Wachen am Rand des Lagers hätten seiner Meinung nach genügt, schüttelte nur leicht den Kopf, ließ den Principal aber gewähren.

Gegen Mitternacht hatte Erin mit seinen Kriegern die Späher des Galahad in der Nähe des römischen

Reiterlagers, erreicht. Von den ihn beobachtenden Spähern Jeths ahnte er nichts. Den Fehler des Principals, seine Patrouillen ins Lager zu rufen und deren Ablösung erst bei deren Ankunft im Lager loszuschicken, war den Spähern des Galahad nicht verborgen geblieben. Als der Feldherr das hörte lächelte er. "Da scheint ein noch unerfahrener Offizier die Legionäre zu befehligen. Wann ist die nächste Ablösung?" Der Späher verzog den Mund als er seinem General antwortete "Leider habe ich keinen Zeitmesser und kann dir somit keine genaue Angabe machen. Aber ich schätze sie auf eine horae." Erin legte dem noch jungen Krieger eine Hand auf die Schulter. "Du hast die Wachablösung beobachtet und ich hoffe die richtigen Schlüsse daraus gezogen. Ist dem so, werde ich dich bei deinem Feldherrn lobend erwähnen." An seine Offiziere gewandt sagte er "Nun lasst uns den Ring um das Römerlager weiträumig schließen. Wenn die Patrouillen nach dem Hornsignal ihre Posten verlassen haben, greifen wir das Lager an. Ich will keine Gefangenen! Wir sind zahlenmäßig nicht genug, um sie hinter den Antoninuswall zu bringen und dort zu bewachen." So schloss sich, von den Römern und ihren Hunden unbemerkt, der tödliche

Kreis um ihr Lager. Auch ihre Pferde zeigten keine Unruhe. Ziemlich genau als Erin die Wachablösung der Römer erwartete, erklang das Horn. Langsam zogen die Krieger des Erin den Ring um das Römerlager enger. Keinem Römer sollte die Flucht gelingen.

Odius beobachtete, wie die Patrouille in das Lager zurückkehrte. Mittlerweile machte er sich auch keine großen Sorgen mehr um ihre Sicherheit. Marcus hatte wohl recht. Im Süden dürften die Kelten um den Fürsten Helu vernichtet sein und mit den Stämmen des Nordens waren sie verbündet. Sollten tatsächlich einige versprengte Kelten ihr Lager bemerken, so würden diese eher zu ihren Vettern den Caledoniern ziehen, als ihr Lager anzugreifen, da sie das Bündnis ihrer Vettern mit Rom nicht kannten. So wollte der Principal eben beruhigt sein Nachtlager aufsuchen, als die Hunde Alarm schlugen. Es war zu spät! Ein Rauschen erfüllte den Nachthimmel und ein Pfeilregen fiel auf ihr Lager nieder. Diesem folgte unmittelbar ein zweiter mit brennenden Pfeilen. Ein stechender Schmerz durchfuhr sein Bein. Der alte Recke hatte schon manche Verwundung erhalten, aber diese war eine noch nie dagewesene. Die mit Harz getränkte brennende

Pfeilspitze war tief in seinen rechten Oberschenkel eingedrungen und der Pfeil brannte trotz der starken Blutungen noch immer in seinem Bein. Er konnte den Pfeil nicht in seinem Bein lassen und da der Feind nun von allen Seiten in das Lager eindrang, blieb zum vorsichtigen Herausschneiden keine Zeit. So fasste er den Pfeil mit beiden Händen und zog ihn mit aller Kraft heraus. Der Schmerz war unbeschreiblich und eine kurze Ohnmacht erfasste ihn. Er hatte noch Glück gehabt, der Pfeil hatte keine Arterie getroffen. Dennoch blutete die Wunde stark. Der um ihn tobende Kampf brachte den alten Soldaten wieder schnell zu sich. Keine Minute zu früh. Es blieb ihm keine Zeit die Wunde zu versorgen. Ein Krieger der Caledonier stürzte sich mit gezogenem Schwert auf ihn. Nur durch eine schnelle Seitwärtsbewegung entging er dem tödlichen Hieb. Instinktiv riss der kniende Prinzipal, den noch immer in seiner Hand befindlichen, nun von seinem Blut gelöschten Pfeil nach oben und stieß ihn dem über seinen fehlgeschlagenen Angriff erstaunt blickenden Feind in den Unterleib. Ein Schrei entfuhr dem Mund des Caledoniers. Trotz der fürchterlichen Wunde schaffte es der Krieger sein Schwert zu heben und es tief in die Schulter des

Principals zu schlagen. Dann brachen beide mit schmerzverzerrten Gesichtern zusammen. Nur ein leises Stöhnen entrann ihrem Mund. Es war kein schneller erlösender Tod, der sie ereilte. Auch empfingen sie nicht die Gnade der Ohnmacht. Durch die auf dem Lagerplatz brennenden Feuer sahen beide das Ende des Kampfes. Der Krieger starb in der Gewissheit, dass seine Gefährten den Sieg davongetragen hatten. Der alte Legionär aber sah mit Grauen den Untergang seiner Abteilung. Ihm blieb es nicht erspart mit anzusehen, wie die siegreichen Feinde jedem seiner Kameraden die Kehle durchschnitten. Selbst die leblos am Boden liegenden Legionäre sparten sie nicht aus. Der Alte sah aber auch wie tapfer Marcus starb. Der Offizier hielt noch immer, aus vielen Wunden blutend, sein Schwert fest in der rechten Hand. Kein Feind bedrängte ihn mehr. Aber ebenso wie der Principal musste Marcus mit ansehen, wie drei Krieger je einen Pfeil anzündeten und ihn in ihren Bogen legten. Dann richteten sie die gespannten Bögen mit den brennenden Pfeilen auf Marcus. Zwei Pfeile flogen los. Einer traf Marcus in seinem rechten Oberschenkel und einer den Oberarm seiner Schwerthand. Staunend sah der sterbende Principal wie sein Offizier mit schwankenden und immer wieder einknickenden Schritten auf die drei Bogenschützen zuging. Dabei hielt er sein Schwert noch immer fest in seiner rechten Hand. Dem Principal kam es wie eine Ewigkeit vor, das Ende des Marcus mit ansehen zu müssen, als plötzlich der dritte Schütze seinen brennenden Pfeil abschoss. Der Pfeil durchschlug die Kehle des Centurios und ließ ihn tödlich getroffen zusammenbrechen. Die Enthauptung seines Offiziers und wie der Kopf als Trophäe auf eine Lanzenspitze befestigt wurde, musste der Principal nicht mehr mit ansehen. Der Tod hatte es zum Schluss noch gnädig mit ihm gemeint.

Fürst Jeth

Als Erin und seine Krieger mit ihren düsteren Trophäen, den Köpfen der römischen Offiziere, in das Lager der Kelten einmarschierten, wurde sie von den Anwesenden jubelnd begrüßt. Dabei schlugen die sonst so kühlen Krieger minutenlang ihre Schwerter und Kriegsäxte gegen ihre Schilde. Ihr Kriegsschrei der sonst jedem Gegner das Blut in den Adern gefrieren ließ, hallte durch die Nacht. Jeth und Taje traten zum Feldherrn Erin und beglückwünschten ihn zu seinem Erfolg. Dann stieg Erin auf einen umgestürzten Baum und wandte sich den Anwesenden zu. "Wie ihr seht, sind die Römer nicht unbesiegbar. Selbst ihre gefürchtete Reiterei konnte uns nicht besiegen. Wie werden die Römer uns erst fürchten, wenn unsere beiden Völker zusammen in die Schlacht gegen sie ziehen! Lasst uns nun ausruhen und morgen früh damit anfangen jeden Römer nördlich des Hadrianswall zu töten! Feiern können wir, wenn unsere Aufgabe erfüllt ist." Wieder jubelten alle Krieger dem jungen Feldherrn zu. Jeth stellte sich neben Eiran, umarmte ihn und rief "Ihr habt den Feldherrn gehört! Ruht euch nun aus! Morgen werden wir beginnen unser Land zu befreien!" Nao starrte noch immer entsetzt zu den wilden Kriegern mit ihren fürchterlichen Trophäen. Selbst für ihre brutalen Feinde Marcus und Odius fühlte sie Trauer. Auch für den jungen Centurio Fabius war der Anblick zu viel. Viele der Getöteten hatte er gekannt und so manches Glas Wein mit ihnen geleert. Nun sah er ihre Köpfe auf Lanzen gespießt wieder. So wandten sich die Beiden entsetzt ab um den grauenhaften Platz zu verlassen. Jeth, der die Reaktion seiner Freunde sah, trat zu ihnen. Dabei sah er Fabius fest ins Gesicht und sagte "Denkst du, es gefällt uns, wenn wir unsere Gefährten an euren Kreuzen hängen sehen. Wie sie manchmal tagelang lebend und dabei völlig schutzlos den auf sie einpickenden Krähen ausgeliefert sind." Ohne auf eine Antwort des Gesandten zu warten, drehte Jeth sich um und ging wieder zu Erin. Nao erfasste Fabius Hand und sah ihn dabei traurig an. "Du weißt, dass der Centurio Marcus und sein Principal mir schlimme Sachen angetan haben. Von dem was sie meinen Eltern und meinem Volk angetan haben, möchte ich gar nicht reden. Dennoch erfreut mich ihr

Tod nicht. Ich verabscheue es, einen Gefallenen so zu präsentieren, aber Jeth hat recht. Die Römer nennen sich kultiviert und uns Barbaren. Ich frage mich, sind nicht beide Völker Barbaren? Du schaust mich ungläubig an und schüttelst den Kopf. Aber was sind dann die Kreuzigung, die Sklaverei, das Abschlachten von Menschen im Circus und das Führen von Eroberungskriegen von euch Römern? Ich nenne es Barbarei!" Nach diesen Worten wandte Nao sich von ihrem Freund ab und suchte sich einen einsamen Platz. Die Keltin ließ einen sehr nachdenklichen römischen Gesandten zurück. Die Erlebnisse der letzten Wochen und Tage waren zu viel für die junge Frau. Tränen der Trauer und Erschöpfung benetzten ihr Gesicht, als sie sich müde in einiger Entfernung von ihren Freunden auf einem umgestürzten Baumstamm setzte. Im Moment wollte sie nur noch allein sein. Ein kalter Wind strich durch das vom Mondlicht erhellte Lager. Der Wind ließ nicht nur die über soviel Unmenschlichkeit in der Welt trauernde junge Frau frieren. Auch die Krieger hatten sich in ihre warmen Felle eingehüllt. Endlich kehrten die von Mab ausgesandten Späher zurück. Sie berichteten dem Fürsten, dass sich keine Feinde in der Nähe des Lagers aufhielten. So befahl der

Fürst der Elben die vorbereiteten Lagerfeuer zu entzünden, um die Dunkelheit des Lagers zu vertreiben und für die Menschen wärmende Quellen gegen die kalte Nacht zu schaffen. Das nun von Feuern und Fackeln erleuchtete Lager machte es dem vom Feldherrn Tristan gesandten Boten nicht schwer, den Fürsten Jeth zu finden. Beim Anblick der für ihn feindlichen Krieger aus dem Norden wusste der Bote nicht, wie er sich verhalten sollte und ging mit einer Hand am Schwertgriff, zögernd auf Jeth zu. Dabei schaute er beunruhigt die Umstehenden an. Jeth bemerkte die Unsicherheit des Boten und beruhigte ihn. "Sei unbesorgt. Es besteht keine Gefahr. Du kannst beruhigt zu mir kommen und frei sprechen. Unsere Vettern aus dem Norden haben das Bündnis mit den Römern aufgekündigt und kämpfen nun gemeinsam mit uns gegen die Feinde unseres Landes." Ein erleichtertes Aufleuchten huschte über das Gesicht des Boten, bevor er Jeth antwortete "Mein Fürst!" Zum ersten Mal hörte Jeth sich mit dem Titel angesprochen. Das konnte nur den Tod ihres von allen so sehr geliebten Fürsten Helu bedeuten. Obwohl er schon geahnt hatte, dass Helu und seine Krieger ihren Angriff auf das Lager der Römer nicht überleben würden,

erfüllte ihn tiefe Trauer über den Tod seines Fürsten.
So mochten auch alle anwesenden Kelten denken,
dennoch knieten sie nach den Worten des Boten still
vor ihm nieder und zeigten so ihr Einverständnis mit
Helus Wunsch, Jeth als ihren Fürst zu akzeptieren.
Die Anwesenden Caledonier und selbst die Elben
mit ihrem Fürsten deuteten Jeth und den Kelten mit
einem kurzen Senken des Kopfes ihre Bereitschaft
an, ihn als neuen Fürsten der Kelten anzuerkennen.
Als Jeth mit einer Armbewegung sein Volk bat sich
zu erheben, begann der Bote nochmals. "Mein Fürst!
Dein Feldherr Tristan sendet dir Grüße und bedauert,
dir den Tod des Fürsten Helu und seiner Helden
mitteilen zu müssen. Seine tiefe Trauer wird nur über
die Gewissheit, einem würdigen Nachfolger ebenso
dienen zu können wie dem Gefallenem, gelindert.
Dem Feldherrn und unseren Verbündeten den Elben
ist es gelungen, dem Legaten Maximus bei der
Verfolgung unseres Volkes empfindliche Verluste
zuzufügen. Besonders wertvoll dürfte sich die
Gefangennahme eines römischen Senators mit
seinem Gefolge erweisen. Eine Eskorte mit den
Gefangenen befindet sich auf dem Weg zu dir. Der
Feldherr wird weiter den Rückzug unseres Volkes
decken." Die Worte des Boten erschreckten Jeth. Bei

dem Senator könnte es sich um seinen väterlichen Freund Julius Severus handeln. Da dieser der direkte Vorgesetzte des Maximus war, wäre eine Inspektionsreise zu seiner Legion nicht unwahrscheinlich. Nur, was wollte der Senator hinter dem Hadrianswall, auf dem Gebiet der Kelten, seinen Feinden? Er hatte doch sicher im Hauptquartier der Legion erfahren, dass es Kämpfe zwischen der Legion und den Kelten gegeben hatte. Eine Reise ins Land der Kelten war somit für einen Senator Roms viel zu gefährlich. Wie leicht konnte er in die Hände der Feinde fallen und zum Faustpfand für sie werden. So war es dann auch gekommen. Nein, der Senator musste einen guten Grund gehabt haben dieses Wagnis einzugehen. Er hoffte innigst der väterliche Freund würde unverletzt sein. Die Taten Jeths konnte der Senator, der ihn wie einen eigenen Sohn behandelt und aufgezogen hatte, sicher nicht gutheißen. Aber wie auch immer, er Jeth, hatte seinem Volk bei der Bekämpfung eines tyrannischen Legaten geholfen. Dafür würde er dem Senator aufrecht entgegentreten. Jetzt hieß es aber den Feldherrn Tristan über das Bündnis mit den Caledoniern zu unterrichten. Mit diesem Auftrag schickte er den Boten zurück zu seinem Feldherrn.

Dann wandte er sich an die Anwesenden. "Unser geliebter Fürst ist im Kampf um die Rettung seines Volkes gefallen. Seiner und seiner Helden werden wir stets gedenken. Nach unserem Sieg über die Römer werden wir die Gebeine der Helden bergen und sie feierlich bestatten. Ihr habt mich als neuen Fürst anerkannt. Dafür danke ich euch. Ich verspreche meinem Volk ebenso zu dienen wie es der Held Helu getan hat. Jetzt wartet der Kampf um unser Land auf uns. Wir werden ihn so führen, dass der Tod unserer gefallenen Helden nicht vergeblich war. Mögen die Götter mit uns sein!" Mit ihrem Schlachtruf und dem Schlagen der Schwerter gegen ihre Schilde zeigten die Krieger ihrem Fürsten ihre Gefolgschaft im Kampf gegen die Römer.

Erleichtert, dass seine Krieger ihm in den Kampf folgen würden, wartete er mit seinem Freund Taje, Mab, dem Fürsten der Elben und Eirin, dem Feldherrn der Caledonier auf die Ankunft des Senators. Ihre Geduld wurde nicht lange auf die Probe gestellt. Schon nach einer halben horae hörten sie die Ankunft der von ihnen Erwarteten. Allein mit Mab ging Jeth dem Senator entgegen. Wenn der Senator erstaunt über die Anwesenheit des Elben war, so zeigte er das in keinster Weise. Im Gegenteil, er senkte sein Haupt leicht zum Fürsten der Elben und zollte ihm so seinen Respekt, der von diesem in gleicher Weise erwidert wurde. Dann wandte er sich an Jeth. "Ich bin hoch erfreut dich als einen der keltischen Fürsten wiederzusehen. Auch wenn ich den Tod des Helu sehr bedaure. Sei gewiß, den Tod eines Freundes wird Rom nicht ungesühnt lassen. Ich habe viele Stunden mit ihm verbracht und ihn immer als einen aufrechten Verhandlungspartner kennen gelernt. So hatte ich mir den Anlass unseres Wiedersehens unter erfreulicheren Umständen vorgestellt. In Parisi hat mich Weco über die Lage aufgeklärt. In keinster Weise billigt Rom das eigenmächtige Vorgehen des Maximus. Damit nicht noch mehr Blut vergossen wird, bitte ich dich die Kämpfe einzustellen. Ich werde der Legion befehlen, die Kämpfe ebenfalls einzustellen und sich sofort hinter den Hadrianswall zurückzuziehen. Für weitere Verhandlungen, die einen dauerhaften Frieden zwischen unseren Völkern zum Ziel haben sollen, lade ich dich und deine Verbündeten nach Parisi ein." Jeth hatte sehr wohl bemerkt, dass der Senator nicht mehr vom Legaten Maximus, sondern nur noch von Maximus sprach. Dieses und die weiteren Worte des Senators ließen für Maximus nichts Gutes erwarten. Er wünschte sich nicht in dessen Haut. Aber etwas stimmte nicht! Bisher hatte Rom niemals eine Niederlage ungesühnt hingenommen. Egal, wie sie zustande kam! Was verheimlichte ihn der Senator? Ernst aber ohne Unsicherheit im Blick sah Jeth den Senator an. Er ließ sich Zeit mit seiner Antwort, dann erwiderte er ihm "Rom hat mein Land und mein Volk im tiefsten Frieden überfallen. Deine und meine Väter hatten einen Vertrag geschlossen, dass alles Land nördlich des Hadrianswall, den Kelten und unseren Vettern den Caledoniern gehören würde. Wir und unsere Vettern haben uns stets daran gehalten den Hadrianswall niemals für kriegerische Auseinandersetzungen zu überschreiten. Jetzt hat Rom den Vertrag gebrochen. Wie sollen wir den Römern je wieder trauen? Was schlägt Rom vor, um unser Vertrauen in euch wiederherzustellen und warum ich die Vernichtung der Rabenlegion stoppen soll?" Lächelnd antwortete der Senator "Jeth, du solltest Rom kennen. Es wäre nicht die erste Schlacht die Rom verliert, aber den Krieg hat Rom noch immer gewonnen. Ich stehe hier nicht als Bittsteller. Ich bin mir aber gewiss, du wünscht genau wie Rom kein weiteres Blutvergießen zwischen unseren Völkern. Kurz bevor ich mich in die Hände deiner Krieger begab, erreichte mich ein Bote der Legion." Ein leichtes Erstaunen zeichnete sich bei den Worten des Senators im Gesicht des jungen Fürsten. "Der Bote berichtete, dass die Legion von General Galahad und seinen Kriegern eingekesselt wurde. Sie können nicht fliehen. Maximus wurde bereits von meinem Beauftragten seiner Stellung enthoben und festgesetzt. Er befindet sich jetzt als mein Gefangener und nicht mehr als Befehlshaber im Kessel. Bis zu meiner Ankunft hat die Führung der Legion mein Beauftragter übernommen. Greift General Galahad die Legion an, werden sie zu den Waffen greifen. Dieses würde nur zu weiterem Blutvergießen führen und die Friedensverhandlungen unnötig erschweren oder schlimmer, unmöglich machen. Ich schlage vor, dass die Stellungen der Armeen während unserer Verhandlungen unverändert bleiben. Sollten wir zu keiner Einigung kommen, begebe ich mich zu der Legion und die Kämpfe gehen weiter." Ernst und ohne ein Zucken im Gesicht sah der Senator Jeth an. Der junge Fürst warf einen Seitenblick zu Mab und sah ein leichtes Nicken. Dann antwortete er "Ich bin einverstanden. Ein Bote wird meine Feldherren unterrichten. Die Verhandlungen werden aber nicht später in Parisi stattfinden, sondern jetzt im Heerlager meines Feldherrn. Mein Volk zieht währenddessen unter der Führung Tajes wie geplant weiter. Nao und Fabius werden es begleiten." Dann sah er seinen väterlichen Freund mit einem fragenden Blick an. "Bist du damit einverstanden?" Lächelnd und stolz darauf, dass sein Ziehsohn in der Vorverhandlung mit ihm keine Blöße gezeigt hatte, reichte der Senator Julius Severus dem jungen Fürsten die Hand und nickte dem Fürsten der Elben freundlich zu.

Frieden

Am Abend des nächsten Tages erreichte der Senator Julius Severus, mit Jeth dem Fürsten der Kelten, dem Fürsten der Elben Mab und ihren Kriegern das Heerlager der Kelten und Caledonier unter Führung des Feldherrn Galahad. Die Dämmerung hatte schon eingesetzt und überall im Heerlager waren kleine und große Feuer entzündet. Alle Krieger, die nicht auf Wache oder zu Patrouillengängen rund um die in einem tiefen Kessel eingeschlossenen Römer eingesetzt waren, wärmten sich oder brieten ihr Fleisch an den Feuern. Der Kessel, in dem sich die Römer befanden, war etwa einhundertfünfzig Fuß tief. Der geringe Baumbestand in ihm und die wenigen bis zu mannshohen Felsen die sich irgendwann einmal von der Höhe gelöst hatten und zum Grund des Kessels gerollt waren, boten den Römern vor den Pfeilen ihrer Gegner nur unzureichenden Schutz. Die engen Zugänge des Kessels waren von caladonischen und keltischen Posten besetzt und zu schmal, um den Römern einen

Ausfall zu ermöglichen. Wie ein so erfahrener Legat wie Maximus in diese Falle tappen konnte, würde ebenso wie der Fehler des Odius beim Postenwechsel im Reiterlager, wohl nie geklärt werden. Daran ändert auch nichts, das er sich in einem sicheren Terrain wähnte. Im Lager wurden die Ankommenden von General Galahad empfangen. Jeth nahm den General beiseite und ließ sich von diesem die Lage erklären. Nach dem Bericht des Feldherrn schüttelte der junge Fürst den Kopf und sah seinen Verbündeten Feldherrn Galahad, ungläubig an. "Ich frage mich, haben die Römer die Kriegskunst verlernt, dass sie zweimal hintereinander so gravierende Fehler machen?" Der Feldherr der Caladonier schüttelte seinen Kopf. "Das denke ich nicht, Fürst. Sie waren sich wohl sehr sicher das von den Kelten keine Gefahr mehr ausgeht. Helu hatten sie mit seinen Kriegern geschlagen, euch wähnten sie auf einer heillosen Flucht und uns als Verbündete. Es gab für sie somit keinen Grund besonders vorsichtig zu sein. Vor allem, da sie es eilig hatten ihre doch schon so sicher geglaubten Sklaven einzufangen. Dennoch hast du recht, selbst in Friedenszeiten lagert ein Heer nie ungeschützt in einem Kessel, dazu noch in einem mit so engen Ausgängen. Aber wir haben auch Glück. Hätten die Römer noch ihre schweren Waffen, wäre es ihnen eine Leichtigkeit den Ausgang des Tals freizuschießen." Den Mund leicht verkniffen und die Stirn in Falten gelegt antwortete Jeth "Ja Feldherr, mit der Vernichtung der Waffen haben Helu und seine tapferen Krieger ihr Volk gerettet. Gehen wir zum Senator, mal sehen was er uns für einen Vorschlag unterbreitet. Er will ebenso wie ich weiteres Blutvergießen vermeiden. Ich hoffe die Verhandlungen können daher schnell abgeschlossen werden." Beim Senator angekommen, setzten sich Jeth, Mab und als Vertreter des Fürsten der Caledonier, Feldherr Galahad auf die am Boden bereitgelegten Bärenfelle. Ihnen gegenüber nahmen der Senator und seine Offiziere Platz. Jeth sah alle Römer einmal eindringlich an. Dann blieb sein Blick auf Julius Severus hängen. "Senator, wie du gesehen hast, ist eure Legion vollständig eingeschlossen. Da ihre schweren Waffen von Helu und den tapferen Kriegern meines Volkes vernichtet wurden, haben sie keine Möglichkeit durch die von uns besetzten engen Ausgänge aus dem Kessel zu entkommen. Ob der Legat von eurem Beauftragten abgesetzt werden konnte, wissen wir beide nicht. Sollte er noch die

Befehlsgewalt haben, ist es möglich, dass er aus einer Panik heraus einen Ausbruchsversuch unternimmt. Daher schlage ich vor, ihr schickt einen eurer Offiziere mit eurem Siegelring als Beweis, dass der Bote von euch kommt, zu ihm und fordert ihn auf zu uns zu kommen. Ich verspreche, es wird ihm kein Haar gekrümmt." Mit dem Vorschlag Jeths war der Senator einverstanden. Es dauerte nicht lange, bis Maximus in Begleitung des Offiziers und zweier Legionäre an das Beratungsfeuer trat. Keiner der Anwesenden, auch nicht der Senator, beachteten ihn oder forderten ihn auf sich an das Feuer zu setzen. Dann sah der Senator in die Runde und begann zu sprechen "Als ich von Rom aufbrach, um im Auftrag des Kaisers und Senats mit dem Fürsten Helu über einen gemeinsamen Abbau der Bodenschätze in seinem Land Verhandlungen zum Wohl beider Völker aufzunehmen, ahnten weder der Kaiser, der Senat und ich als deren Beauftragter etwas von der eigenwilligen und selbstsüchtigen Handlung des Legaten Maximus. Ihr könnt sicher sein, dass Rom diese nicht ungestraft lassen wird." Niemand sah das Erbleichen des Legaten. Dass er so schnell dem Befehl des Senators ans Beratungsfeuer zu kommen gefolgt war, war im Glauben geschehen Rom hätte in

297

diesem Streit wieder die Oberhand gewonnen. Erst als ihn niemand aufgefordert hatte, sich an das Beratungsfeuer zu setzen, ahnte er nichts Gutes. So folgte er den Worten des Senators mit unguten Gefühlen. "Mein Auftrag bestand darin dem Fürsten Helu vorzuschlagen die Bodenschätze gemeinsam abzubauen und unter gleichen Anteilen zu nutzen. Das Vergangene der letzten Tage ändert nichts an diesem Vorschlag. Er geht nun an den neuen Fürsten der Kelten. Für den Abbau der Bodenschätze stellt Rom die Ausrüstung und Ingenieure und ihr die Arbeitskräfte. Bei den Arbeitskräften handelt es sich nicht um Sklaven, sondern um freie Männer, die von euch und uns zu gleichen Anteilen entlohnt werden." Nun war Jeth klar, warum es zu keinem Rachefeldzug Roms kommen würde und weshalb der Senator sich in seine Hand begeben hatte. Genau wie Maximus möchte Rom die Bodenschätze heben. Nur zusammen und zu gleichen Teilen mit den Kelten. Dieses würde ihnen eine teure und verlustreiche Besetzung des Landes an Menschen und Material ersparen, so Kräfte zum Schutz ihres Reichs freihalten und für sie trotzdem einen grossen Gewinn abwerfen. "Was nun die unsägliche Geschichte der Rabenlegion angeht, schlage ich vor:

Ihr lasst die Legion mit ihrer Standarte zurück hinter den Hadrianswall ziehen. Dort wird die Hälfte der Legion weiterhin als Grenzwache stationiert und die andere mit der Standarte nach Londinium verlegt. Die Legion ist dann zu schwach, um einen erneuten Einfall in euer Land zu wagen. Das bedeutet nicht, dass Rom nicht mehr den Zugriff auf die Legion hat. Es ist nur ein Vertrauensbeweis an euch. Was nun den Maximus angeht", dabei schaute er diesen eine Weile mit einem abweisenden Gesichtsausdruck an, "er wird sich für sein Handeln in Rom vor dem Senat verantworten." Dann drehte sich der Senator wieder Jeth zu. Dabei sah er den jungen Fürsten auf eine Antwort wartend an. Dieser blickte in die Gesichter seiner Verbündeten und sah in keinem Gesicht Skepsis oder gar Ablehnung über den Vorschlag des Senators. Als schließlich seine Augen wieder den Senator trafen, sagte er zu ihm "Da mein Volk angegriffen wurde, denke ich, dass ich auch die alleinige Verhandlung mit Rom führen kann." Ein nochmaliger Blick in die Runde seiner Gefährten zeigte ihm weiterhin ihr Einverständnis. Es wärmte das Herz des jungen Fürsten, dass sie ihm trotz seiner Jugend und kurzen Herrschaft so viel Vertrauen entgegenbrachten. Zukünftig aber würde er alle Entscheidungen die sein Volk betrafen, alleine fällen und so sprach er weiter "Im Gegensatz zum Legaten Maximus verhält sich Rom klug. Es weiß, dass ein Abbau der Bodenschätze ohne unser Einverständnis für Rom eine teure Besetzung unseres Landes bedeuten würde. Viele Legionäre würden Rom nie wiedersehen. Aber wir wissen auch, dass der Abbau der Bodenschätze ohne eure Ingenieure für uns nicht möglich ist. Mein Volk ist bereit eurem Vorschlag zuzustimmen, wenn der Grieche Weco gemeinsam mit meinen Beauftragten Taje, Nao und eurem Centurio Fabius, die Leitung des Abbaus übernimmt. Der Legat Maximus wird zwei Jahre ohne Lohn als Arbeiter in einem Bergwerk arbeiten. Danach kann er als freier Mann nach Rom zurückkehren. Was dort mit ihm geschieht ist für uns nicht von Interesse. Seid ihr mit meinem Vorschlag einverstanden?" Nach den Worten des Fürsten stand der Senator auf und reichte dem Fürsten seine Hand. Hierdurch wurde von allen Beteiligten der mündliche Vertrag zum Abbau der Bodenschätze und das Ende der Kämpfe besiegelt.

Epilog

Hoch im Norden im Land der Caledonier betrat Beathag den Hain ihres Freundes. Zu seinen Wurzeln setzte sie sich nieder und streichelte sanft seine Rinde dabei sagte sie zu ihm "Der Druide ist besiegt und das Land liegt im tiefsten Frieden. Niemals wieder wird dich jemand missbrauchen. Das schwöre ich dir." Dann lehnte sie sich mit dem Rücken an ihren Freund und schlief ein. Im Traum spürte sie wie ein Zweig sie sanft umarmte. Erst kurz bevor sie erwachte, ließ ihr Freund sie aus seinen Armen.

Zur Bewilligung des Vertrags hatte der Senator wegen der Ereignisse nördlich des Hadrianswalls mit einigem Widerstand seiner Gegner im Senat zu kämpfen. Die Niederlage der Legion hatte einigen Wirbel in Rom verursacht. Da aber die überwiegende Anzahl der Senatoren, seine Verbündeten und der Kaiser ihm wohlgesonnen waren, wurde der Vertrag vom Senat und Kaiser schließlich gebilligt.

Der Ältestenrat der Caledonier wählte den Feldherr Galahad zum Nachfolger des Fürsten Tona.

Die vom gefallenen Fürsten Helu ausgesprochene Ernennung Jeths zu seinem Nachfolger wurde vom Ältestenrat der Kelten betätigt.

Unter der Herrschaft von Galahad und Jeth und durch den Handel mit Rom erlebten ihre Völker eine vorher nie gekannte Blütezeit. Daran hatten Fabius und Nao als Botschafter ihrer Länder einen erheblichen Anteil.

Zwei Jahre später kam es in einem Stollen eines der Bergwerke zu einem tragischen Unfall. Unglücklicherweise wurde der Römer Maximus dabei von einem herabstürzenden Felsbrocken getroffen. Wie durch ein Wunder entging der Schmied Bran, der dem Römer neu geschärfte Werkzeuge übergeben wollte, dem Felsen. So war es ihm möglich unverletzt Hilfe zu holen. Ein römischer Arzt konnte nur noch den Tod des ehemaligen Legaten feststellen. Aufgrund des Berichts den dieser und Weco zum Unfall an den Senat nach Rom sandten, wurde die bei der Rückkehr des ehemaligen Legaten vorgesehene Vorladung vor dem Senat in das Archiv: "Erledigte Fälle" abgelegt. Eine Erwähnung wie es zu dem Unfall gekommen war, stand nicht im Bericht und wurde unüblicherweise vom Senat auch nicht angefordert. Der Unglücksfelsen war schon kurz nach dem Unfall von Bran und einigen Helfern zerkleinert und zum Abraum der Grube geschafft worden. So sah niemand mehr die schon vor der Zerkleinerung vorhandenen frischen Spuren der Abbauwerkzeuge auf dem Felsen.

Nach einigen Jahren boten Jeth und der Senator Julius Severus, Weco die Rückkehr in seine Heimat Griechenland an. Obwohl sein Herz sich nach der Wärme der Sonne, dem hellen Licht und dem blauen Meer seiner Heimat sehnte, blieb er bei seinen neuen Freunden im kühlen und feuchten Britannien. Hier hatte er gefunden, was er immer gesucht hatte: Freundschaften, Freiheit und eine Aufgabe, die ihn jeden Morgen aufs Neue erfreute.

Und immer weiter dreht sich das Rad der Geschichte,